逃跑的诺亚

NOAH BARLEYWATER RUNS AWAY

[爱尔兰]约翰·伯恩 著
张玉梅 译

JOHN BOYNE

贵州出版集团
贵州人民出版社

图书在版编目（CIP）数据

逃跑的诺亚 /（爱尔兰）约翰·伯恩著 ； 张玉梅译 . -- 贵阳 ： 贵州人民出版社， 2024.7

书名原文：Noah Barleywater Runs Away

ISBN 978-7-221-18271-5

Ⅰ. ①逃… Ⅱ. ①约… ②张… Ⅲ. ①长篇小说一爱尔兰一现代 Ⅳ. ① I562.45

中国国家版本馆 CIP 数据核字 (2024) 第 062729 号

北京市版权局著作合同登记号：图字 22-2024-031

逃跑的诺亚

TAOPAO DE NUOYA

[爱尔兰] 约翰·伯恩 / 著　张玉梅 / 译

出版人　朱文迅
责任编辑　严　娇
出版发行　贵州出版集团　贵州人民出版社
地　　址　贵阳市观山湖区中天会展城会展东路 SOHO 公寓 A 座
印　　刷　三河市宏达印刷有限公司
版　　次　2024 年 7 月第 1 版
印　　次　2024 年 7 月第 1 次印刷
开　　本　890 毫米 ×1240 毫米　1/32
印　　张　6.5
字　　数　120 千字
书　　号　ISBN 978-7-221-18271-5
定　　价　49.00 元

目录

CONTENTS

第一个村庄

The First Village

清晨，太阳还没升起，狗狗们还在睡梦中，露珠还没滴落下来，诺亚·巴里沃特就离开了家。

他从床上爬起来，套上昨晚准备好的衣服，屏住呼吸，悄悄地摸下楼。楼梯上有三级台阶的木板连接得不太好，平时走在上面会“吱吱”作响，所以他小心翼翼地、轻轻地走过每级台阶，尽量不发出任何声响。

他从门厅的衣架上取下外套，但是没有穿鞋，直到走出屋子才把鞋穿上。他沿着院子里的小路走到大门口，开门出去，再关上门，步伐轻得不能再轻了，因为他害怕爸爸妈妈听到自己脚下“窸窸窣窣”的声响会下楼查看。

天还黑黢黢的，诺亚只能眯着眼睛探寻前方蜿蜒曲折的道路，渐渐增强的光线让他能够辨识出阴影处可能潜藏的任何危险。走了几百米，他最后一次回头看了看，还能辨认出远处自己家的房子。他盯着烟囱中冒出的青烟，想着房子里面的家人，他们还安静地睡在温暖的被窝里，并不知道诺亚永远地离开了，只有他自己知道，想到这里，他不由得感到一丝悲伤。

我做得对吗？他想着，许多快乐的回忆一股脑儿地涌出来，掩盖住了最近让人悲伤的事情。

但他别无选择，因为他实在忍受不下去了。当然，没有谁能责怪他，走出去用自己的方式闯世界也许是最好的选择。毕竟，他已经八岁了，但是至今没有真正做过什么大事。

同班的一个男孩儿查理·查尔顿七岁时就登上了当地报纸，因为当时王后来村里给老爷爷老奶奶们开一处日间护理中心，查理·查尔顿被选中给王后献花，并且说："夫人，您能来这里我们非常高兴。"查理·查尔顿献花的情景被拍了下来，他在相片里咧着嘴笑得跟大花猫一样，王后的表情显示出她是因为什么滑稽的事情而笑，但是由于良好的教养并没有说出来。诺亚以前也见过王后脸上的那副表情，每次他都忍不住"咯咯"地笑。第二天那张照片被挂在学校的布告栏上，并且一直挂在那里，直到有个人——不是诺亚——在王后的脸上画了八字胡，并且从她嘴里冒出一个写着脏话的气泡，这几乎把校长塔欣汉姆气得晕过去。

整件事成了一桩丑闻，但是至少查理·查尔顿在报纸上露了脸，并且在很长一段时间内一直是校园里的风云人物。诺亚这一生做过什么事能与之相提并论呢？没有。为什么这么说？几天前，他列了一份成就单：

1. 我把十四本书从头到尾读完了。

2. 去年运动会我夺得五百米赛跑的铜牌，而且如果不是因为布瑞弗尼·奥尼尔抢跑，我一定能拿到银牌。

3. 我知道葡萄牙的首都（是里斯本）。

4. 在我们这个年龄，我或许算个头长得小的，但是我是班里第七聪明的男孩儿。

5. 我拼写很好。

“八岁了，才有五个成就。”他一边咬着铅笔头思考——每次有人这样做，老师布莱特小姐都会叫嚷着说这样会中毒——一边摇头嘀咕，“平均每一个成就……”他思索着，在一张草纸上快速地计算着，最后说道：“每一年七个月零六天才有一个成就，一点儿都不出众。”

他试图说服自己这是他离家的原因，因为这个理由比真正的理由更具有传奇性，他不想去思考真正的理由，至少今天早上不想。

于是现在他像一位年轻的战士一样独自开始了征程。他回头望望，心想：就这样！从此以后，我再也看不见那座房子了！他继续向前走，脸上的表情就像一个深信下届选举肯定能够当选市长的自信的男人一样。看上去自信非常重要——他很早就意识到了这一点。毕竟大人们有个很不好的习惯，他们总是把独自旅行的孩子看成是有阴谋的。他们从来不认为那也许只是一个好小伙儿在欣赏世界，在进行一次伟大的探险。他们是心胸狭窄的大人，这是他们很多问题中的一个。

诺亚告诉自己："我必须一直向前方看，就好像要去见某人一样，装作一个有目的地的人，这样可能就不会被人拦下来询问了。""当看见人时，"他喃喃自语，"我会加快脚步，好像很匆忙的样子，让别人感觉如果我不能按时到达某个地方，就会被打得鼻青脸肿。"

不久之后，他到达了第一个村庄。他已经感觉有点儿饿了，因为从昨天晚上开始就没吃过东西。从沿街房子敞开的窗户里飘出鸡蛋和熏肉的香味，他舔了舔嘴唇，看着那些窗台。在书中，他读到过大人总是将冒着热气的蛋糕和馅儿饼留在窗台上，那样像他这种饥饿的孩子就可以过来偷东西吃了。但是看起来这个村子里的人似乎没这么笨，或者因为他们没有读过那些书。

但是突然，好运来了！他面前出现了一棵苹果树。刚才还没有——至少他没有注意到，但是现在这棵树就在这里，高高地矗立着，骄傲地沐浴着清晨的微风，枝头挂着沉甸甸的、闪亮的青苹果。他立刻停住脚步，张开嘴笑起来。这个发现使他很开心，因为他非常喜欢苹果，他妈妈总说，有一天，如果他一不小心，没准儿会变成一个苹果（那样绝对可以让他的大名登上报纸）。

早餐有着落了！他这样想着跑过去，但是当他靠近时，却发现那根树枝——那根原来离他最近的树枝——好像上升了一点儿，向树干更靠近了一点儿，仿佛它知道这个男孩儿在蓄谋偷它的宝贝。

“真奇怪啊！”诺亚自言自语道，犹豫了一会儿又向那棵树靠近了一些。

这一次，那棵树发出很大的咕哝声——每当诺亚吵着让在读报纸的爸爸出去踢球时，爸爸就会发出这样的声音——而且他非常确定，那棵树又向左边移动了，远离诺亚，树枝更加贴近树干，上面的苹果吓得浑身颤抖。

“但是这不可能，”他摇头思索着，嘴里嘀咕着，“树不会动，而且苹果肯定也不会颤抖。”

然而它是在动，肯定是在动。它甚至好像在和他说话，但是在说什么呢？树皮下面传出低语声：“不，不，请不要，不要，我求求你，不，不要……”

哎呀，一大清早的，这可真够荒唐的。诺亚想着冲过去抱住大树，这时大树突然间僵住不动了。他从树枝上拽了三个苹果——一个、两个、三个——然后跳下来，左手边口袋塞一个，右手边口袋塞一个，又得意扬扬地咬了一大口手里的第三个苹果。

那棵树现在不动了，但与之前相比，它好像往下弯了一点点。

“真的，我饿了！”他叫嚷着，好像他必须跟那棵树解释清楚一样，“我能怎么办？”

树没有回答，诺亚耸了耸肩膀走开了，跳跃着走在这个村子的鹅卵石小路上。虽然这件事让他有种罪恶感，不过他飞快地摇了摇脑袋，好像这样就可以把那种感觉从耳朵里甩出去，甩得远远的。

就在这个时候，后面突然传来一声叫喊：“你站住！”他转过身看见一个男人向他追过来。“我看见你了！”那个人叫嚷着，一直用一根粗糙的手指头指着他，“你知不知道自己在干什么？”

诺亚愣了一下，然后撒腿就跑。他绝不能这么快就被抓住送回家。他毫不犹豫地用最快的速度逃离了那个人，身后留下一溜儿的尘土，这些尘土聚集到黑云中，之后随着雨水降到这个村子里，覆盖在春天新种植的作物上，这让村民们咳嗽、抱怨了好长一段时间，而诺亚对自己引起的灾难毫不知情。

实际上，他直到确定后面没有人追的时候才敢放慢了脚步，这时他才发现刚才奔跑的时候，左边口袋里的苹果掉出去了。

没关系，他想，右边口袋里还有一个呢！

但是，不，右边也没有了，他甚至没有听到苹果掉落的声音。

好烦！他感到气恼，然后想到：但是至少我手里还有一个——

但是也没有了。不知什么时候那个苹果也丢了，他甚至都没有注意到。

太奇怪了！他一边想一边往前走，感觉有些沮丧，他努力说服自己不要想现在有多饥饿。毕竟，对于一个八岁的男孩儿来说，早餐只吃一口苹果是远远不够的，尤其他还是一个已经踏上伟大征程闯荡世界的男孩儿。

第二个村庄

The Second Village

到达第二个村庄的路比到第一个村庄的路漫长得多。

诺亚感觉走了很远，然后才看见远处有一所大房子，屋顶是明亮的鲜橙色。这使他想起了几周前的一天跟妈妈去的惊喜一日游，那天他们在一家有着同样鲜亮颜色屋顶的小咖啡馆停下来，吃点心，喝茶。最令他开心的是，咖啡馆的角落里有一台弹球机，而且他第一次玩就得了四百五十万分，打得机器“叮叮当当”响，并登上了排行榜。

他回忆着当时自己因为胜利而开心的样子和妈妈惊讶的表情（她连三十万分都打不到），心想：那也是我的一个成就。

“你看到了吗？”她向站在柜台后面拿着一块脏布擦眼镜的男人激动地说道，“我儿子刚才弹球打了四百五十万分。”

“那又怎样？”那个人说，好像任何人都能做到一样。

“你这是什么意思？”她带着一丝笑意问道，惊讶地环顾四周，“有一天他可能成为世界冠军，那时你就会向人吹嘘他是如何在你的咖啡馆起步的。”

“我不认为会有什么弹球世界冠军，”那个人说道，脸上没有笑容，似乎他认为没有什么值得高兴的事情——确切地说是很长时间以来都没有，“这不是一项运动。”

“二十公里竞走也不是，”诺亚的妈妈说，“但是奥运会也给那项运动颁奖了呀！”

诺亚“咯咯”地笑着，他喜欢看见妈妈为自己做的事情这么兴奋，不过他也奇怪为什么好像这件事在妈妈看来那么重要。（其实，那一天的一切似乎对她都非常重要。当他们离开咖啡馆，去寻找更多刺激的时候，妈妈告诉他：“我们一分钟都不能浪费，接下来我们做什么呢？”）

第二个村庄比第一个热闹很多。太阳已经升起来了，大人们都从家里出来，赶着去工作，脸上的表情告诉别人他们真想躺在床上再睡上一个小时。他们大多从诺亚身旁匆忙走过，胳膊下夹着公文包，手里拿着雨伞，因为他们总是害怕出现最坏的情况。但是有一两个人用猜疑的眼光打量他，看出来他不是这里的人。幸好时间还很早，人们没有闲情逸致询问他。

诺亚在街上四处张望，想看看这里会不会也有一家咖啡馆——那样他可以再玩一次弹球，如果他打出高分进入排行榜，也许老板会为他提供早餐，以祝贺他的卓越成就。当然他自己是买不起的，因为离家出走前他决定不从爸爸口袋里拿钞票，也不从妈妈钱包里借零钱。他知道那样会使自己的探险之旅变得困难，但是他不想给父母留下的最后印象是个偷钱的贼。

他没有发现哪里有供应免费早餐的迹象，这时他突然感觉疲惫袭遍全身，这应该是因为他起床很早又走了那么远的路。他不觉伸展开双臂，畅快地打了个哈欠，没有考虑到这在旁人看来多么鲁莽。他闭着眼睛，双手握成拳头伸出去，却无意中打到了一个正巧路过的矮个子男人的眼睛。

“哎哟！”矮个子先生叫了一声，停了下来，一边揉搓着受伤的半边脸，一边怒视着袭击自己的人。

“我的天哪！”诺亚马上说，“真对不起，先生，我刚才没有看见你。”

“你不仅打伤了我，还侮辱了我！”矮个子先生气得脸都青了，“我是长得矮，但我不是隐形人，你明白吗？”他确实是个身材奇特的家伙，个子还没有诺亚高——在同龄人中，诺亚算是长得比较矮的，但大家都对他说不用担心，很快会长高的。矮个子先生头上戴着的黑色假发也落到地上，他捡起来重新戴上，但是前后戴反了，使得他看起来好像不是要走过来，而是要走远的样子。他推着一个独轮手推车，车里睡着一只大灰猫，它睁了一下眼睛，看了一眼诺亚，然后又睡着了，似乎在说这种冒失男孩儿多的是，不值得跟他一般见识。

“我不是有意的，”诺亚说，他被这个男人的愤怒惊吓到了，“不是故意打到你和冒犯你的。”

“但是这两样你都做了，并且还耽误了我的时间。那现在到底几点钟了？”诺亚看看表还没有来得及回答，那个男人突然号啕大哭起来。“快告诉我还来得及，”他的声音里充满愤怒，“啊，天哪，我预约了兽医，他从来不诊治迟到的患者，而且会立即把迟到的人踢出门外。如果真的发生这种事，我的猫肯定没命了。这都是你害的，你真可恶！”他说最后两个字时，脸红得像熟透的胡萝卜，声音变得非常大。

“我都说对不起了。”诺亚说着，心里感到困惑。即使那个人迟到，也不应该责怪自己呀，毕竟他只耽误那个人一小会儿而已。如果猫死了……其实，猫早晚会死的呀，那是自然规律。几个月前诺亚的猫就死了，他们给猫举办了丧礼，非常伤心，但是之后仍然继续他们的生活。他的妈妈还为那只猫写了一首歌，并在埋葬它时用吉他演奏出来。她很擅长做和音乐有关的事，诺亚想着，不由得笑了，妈妈从来不允许任何伤心事毁掉一天的好心情。

“你到底是什么人？”那个男人探过身来，用鼻子使劲儿闻这个小男孩儿，好像他是一碗放在餐具柜里时间过长而可能变质的奶油，“我不认识你，对吧？你来这里做什么？我们村子不欢迎陌生人，知道吗？为什么不回到你自己的地方，让我们清静些！”

“我是诺亚·巴里沃特，”诺亚说，“我只是路过，因为……”

“没兴趣！”那个男人打断他，使劲儿抓住他的独轮手推车继续赶路了，嘴里还不停地大声抱怨着。

诺亚看着急匆匆离开的男人想：这里的人看起来不怎么友好，我刚开始还认为这里是适合我重新开始的地方。

这个突发事件在诺亚心里留下了阴影，接下来他走过村庄时，总感觉每个人都盯着他，随时准备把他抓起来扔进监狱。而就在这时，他又看见一个男人，中等个头儿，坐在板凳上看报纸，悲伤地摇晃着脑袋，仿佛这个世界上正在发生的事情令他非常失望。

“天啊！”那个人突然大叫，报纸的边缘被抓得皱皱巴巴的，他用难以置信的表情盯着正在阅读的文章。

诺亚盯着他，犹豫了一下，然后走过去坐到他身旁，想知道是什么新闻令这个人如此震惊。

“震惊，”那个人摇着头说，“实在太令人震惊了。”

“发生什么事了？”诺亚问。

“看这里写的，一棵树上的苹果被偷了。事情发生在……”后面是诺亚早上经过的第一个村庄的名字。“那棵树，”那个人继续读，“正像往日的早晨一样伸懒腰，突然不知道从哪里冒出来一个坏小子跳到了它身上，偷了三个苹果，还把第四个苹果从树枝上碰掉了，摔在地上，伤痕累累。现在树和苹果们都在医院里抢救，它们的伤势级别已经判定，医生说接下来的二十四小时将是关键时期。”

诺亚皱起眉头。虽然这篇报道讲述的跟他今天早些时候的冒险经历出奇地相似，但是才过了几个小时，所以不可能这么快就见报了。而且报纸上有新闻吗？他爸爸说过他们在那些废纸上印不出什么东西，只有流言蜚语而已，没人会关心报纸上谈到的那些人和事。

“这是今天的报纸吗？”诺亚怀疑地问道。

“是啊，当然，”那个人说，“这是晚间版，但是我提前拿到一份。”

“可现在还是上午。”诺亚说。

“所以说我提前拿到啊！”那人有点儿不耐烦，转过头看着这个小男孩儿，戴上眼镜盯着他看了一会儿，然后又摘下眼镜。“我的天哪！”他倒吸了一口气，声音中带着恐惧。

诺亚看着他，不知道他为什么那么恐慌，这时他看见报纸上苹果小偷故事的下面有一张画像，画的是一个八岁男孩儿——稍显矮小但是有一头漂亮的头发——咬掉一大口苹果。但是怎么可能？他思忖着，当时那里没有人看清他。在画像下面还有一大片粗体字：

想了解更多故事内容，请翻阅第四、第五、第六、第七、第十四、第二十三、第四十页。注意：这个男孩儿是个危险分子，一定要谨慎对待或躲避。

这不算什么，我还有过比“危险分子”更难听的外号。诺亚想。

但是旁边那个人可没想到这一点，因为他放开喉咙大喊起来。“是他！”他叫嚷着，“拦住他，快来人，他是小偷！”

诺亚吓得从长椅上跳下来，向四周张望，感觉自己随时会被人抓住，还好似乎没有人注意到他们。

“拦住他，快来人啊！”诺亚跑走时那人还在喊，“拦住他！他要逃走了！”

这就是诺亚在第二个村庄的结局。他跑呀跑，直到身后的房子在眼中渐渐模糊、渐渐消失，直到他需要回想一下才能记起自己使劲儿奔跑的原因。

猎狗和驴子

The Helpful Dachshund and the Hungry Donkey

出了第二个村庄后周围的事物变得扑朔迷离，脚下的路也越来越不明朗，面前的树合并又分开。终于透过来的光线使他能够辨清道路，但是很快又昏暗起来，诺亚只能眯起眼睛，以确保前进的方向是正确的。

他低头看着脚下，惊讶地发现弯弯曲曲的小路已经完全消失。他似乎远离了原来的路径，踏进了森林的某处。这地方跟之前的非常不同，这里的树更茂盛，草更绿，空气闻起来有香甜的味道。他听见附近有流水的声音，但是当他惊奇地向四周望去时——因为他知道这个森林附近没有水源——声音便消失了，好像不希望被发现一样。

诺亚停了下来，静静地站了一会儿，回头朝身后第二个村庄的方向望去，但已经远得什么都看不到了。实际上，那个村庄似乎完全消失了，来时的方向只看见一排排树木，非常茂密以致挡住了他的视线。他确信，他早上离家后一直走的那条小路就在后面的某个地方。他记得只拐过一道弯，那是因为他急着跑到一棵树后面。他回想了一会儿，记起来当他绕过树以后想回到原来的路上时，却记不清楚自己绕的是左边还是右边的树了，所以他干脆跟着感觉选择了继续前行。

此时此刻，他除了继续前行以外别无选择。几分钟后，他看见远处的树木向两侧分开，又一个村庄出现在眼前，他如释重负地松了口气。这个村庄比之前的那两个小得多，唯一的街道两旁零星地分布着一些奇形怪状的房子。这和诺亚想象中的一点儿也不一样，不过他希望这里的人们是友善的，那他还有可能找到吃的东西，不至于饿晕过去。

他一只脚还没迈出去，目光却被街道另一端一座稀奇古怪的建筑吸引住了。

诺亚所了解的房子应该是这样的：直立的几道墙以垂直的角度组合起来，上面稳稳当当地架着一个屋顶来阻挡雨水浇湿地毯，或者防止小鸟的粪便落在人们的头上。

这座房子却完全不合乎常理。

他惊讶地盯着房子，所有的墙和窗户都是畸形的，这边凸出来，那边凹进去，没有一处像样的地方。虽然在大概正确的位置也有个屋顶，但却不是用石板或者瓦砖搭建成的，甚至也不是像他朋友查理·查尔顿家那样的茅草屋顶，而是用木头做成的。诺亚眨了眨眼，继续看着它，他把头往旁边稍微侧了一下，想试试歪着脑袋看的话，这房子能不能正常点儿。

尽管房子令他如此好奇，却比不上它外面那棵巨大的树对他的吸引力。他想看看房子上的招牌，视线却被这棵树挡住了。透过树枝，他隐约可以辨认出几个字母。他紧盯着那几个字母，试图用他的 X 射线超能力穿透树枝，然后他想起来自己哪有什么 X 射线超能力，拥有这种能力的是他读的一本书中的一个男孩儿。不过，虽然他想看的是招牌，视线却始终停留在那棵大树上。他已经完完全全被那棵大树吸引住了。

没错，这棵树很高，但也高不过他以前看过的那么多大树（他家就在森林边上）。那些树木生长了几百年——当然他是听别人说的——所以长得那么高大一点儿都不稀奇。毕竟，树跟人是相反的，人越老似乎就越矮小，而树却正好相反。

没错，这棵树的树皮折射出健康的棕褐色。这哪里是普通的树皮，简直就像一块浓郁美味的巧克力！但是再怎么说也不值得令他如此兴奋，毕竟它只是健康漂亮的树皮而已。它粗大的树枝上悬挂着绿油油的树叶，但是也绿不过其他在

夏日微风中摆动的树叶，跟诺亚卧室窗外的树叶比没什么特别。

即便如此，那棵树却有着某种让诺亚无法言表的神秘感、迷离感，让他目瞪口呆，甚至忘记了呼吸。

“我猜你一定听说过那些故事吧？”一个声音从他右边传来，他吃惊地转过头，看见一条年老的达克斯猎狗正向他慢跑过来，脸上挂着一丝笑容。猎狗身旁跟着一头身材粗壮的驴子，它正左顾右盼地在地上搜寻，好似在寻找丢失了的东西。“有人来看这棵树时，我总能发现。你不是第一个，小伙子，也不会是最后一个。汪汪！”说完猎狗将视线转移开，傲慢地挑起眉毛，摆出一副与刚刚在电梯里制造完粗鲁噪声的人相同的神情。

“先生，我什么也不知道，”诺亚一边说一边摇了摇头，“没有听说过什么故事。你看，我也不是这儿的人，只是路过这里，然后被挡住那座有趣的房子的那棵树吸引住了而已。”

“你站在那儿将近一个小时没动了，”达克斯猎狗笑道，“难道你不知道吗？”

“你有没有在这附近看见一个三明治？”驴子抬起头盯住男孩儿问。“我听说有人在这里丢了一个三明治，里面好像夹着什么肉来着，还有酸辣酱！”它说。

“没看见。”诺亚说，他多么希望自己看见了。

“我好想吃三明治，”驴子晃着脑袋歇斯底里地喊道，“也许我继续找的话……”

“不用理会它，”猎狗说，“它总是饿，不管给它多少吃的，它都想要更多。”

“要是让你二十多分钟不吃东西，你也会饿的。”驴子吸了吸鼻子，用有点儿受伤的声音说道。

“不管怎样，真的，”猎狗继续说道，“我之前跑步经过这里时你就站在这里了，现在我回来了——我每天都穿越那片田地跑到井边，以保持矫健的身姿，你看——你还站在这儿，一直盯着它。”

“真的吗？”诺亚皱着眉头惊讶地问，“你确定？我怎么感觉自己刚到这里呢。”

“这一点儿都不奇怪，”猎狗说，“人们盯着那棵树看时会忘却时间，这是我们村里最有意思的事情了，当然，除了那尊雕像。”

“什么雕像？”诺亚问。

“你没注意到它吗？就在你身后呀！”

诺亚转过身，果然看见一座高大的花岗岩雕像矗立在他身后，雕刻的是一位穿着汗衫和运动短裤的少年，他看起来极其兴奋，因为胜利而高高举起双手，脚下的石头上刻着这些文字——德米特里·卡普尔迪：极速。这回诺亚倒是吓了一跳，他确信刚才这里是没有雕像的。

“也许有糖果？”驴子凑到诺亚跟前，突然把鼻子伸进诺亚的口袋里，吓得他往后跳了一步。

“离他远点儿，蠢驴，他身上没有什么糖果。”猎狗说。“你没有吧？”猎狗机敏地问道，向诺亚眨了眨眼睛。

“什么也没有，先生，”诺亚说，“其实我自己也很饿。”

“太令人失望了，”驴子摇着脑袋，看上去要哭了，“真的很失望。”

“知道吗？有些人……”猎狗靠过来压低声音继续说，“认为那棵树比雕像更有意思，我也是这么认为，这就是为什么人们盯着它看那么久。只要可以避免，我就控制自己不去看它。有一次因为看它我错过了一个朋友的生日派对，那是两年前的事情了。”

“你错过了一块美味的蛋糕，”驴子慢吞吞地说，它在美美地回忆吃蛋糕时的幸福，脸上荡开笑容，一双棕色的大眼睛里噙着泪水，“前两年这个派对的蛋糕上都覆盖着一层玫瑰形状的糖霜，前一年糖霜是绿色的，后一年是橙色的，我想着今年是什么颜色时兴奋得睡不着觉。你觉得会是红色吗？我觉得可能会，或者是蓝色……”它停顿了一会儿补充道，“当然也有黄色的。”

“是的，是的，蠢驴，”猎狗说，“这个世界上有很多很多种颜色，我们知道了，不要考验我们新朋友的耐性了，好不好？”

“你真的没有藏着什么酥皮糕点吗？”驴子问道。

“这棵树到底有什么与众不同的呢？”诺亚问，他不理会驴子的问题，而是转过头看着那棵树，“因为这世界上有成千上万棵树。”

“不对，”猎狗摇摇头说，“这是个普遍的错误观点。其实世界上只有一棵树，它们有一个共同的根，在世界的中心位置，所有的树都从那里衍生出来。所以严格地说，世界上只有一棵树。”

诺亚想了一会儿摇摇头说：“不对。”他因为这个荒唐的说法几乎笑了出来，这惹怒了猎狗，它露出尖利的牙齿，大吼大叫了好几分钟才停下来。驴子只是转过头叹了口气，继续用鼻子在草丛里寻找着美味小吃。

“真的对不起，”猎狗说，当它平静下来以后感到有些尴尬，“这是我的天性，仅此而已。我不喜欢被反驳。”

“没关系，”诺亚说，“不管怎样，那棵树就是看起来很特别，不管它来自何处。”

“是的。我也承认它是这个村里唯一没有被我……”猎狗有些脸红，向四周看看，好像害怕被人听到，“我的意思是，那种狗需要在屋子外面解决、人需要在屋子里面解决的事情。”

“我明白，”诺亚笑笑说，隐瞒了今天早上他在外面小解了一次的事实，“这么说你从来没有……”

“从来没有，五十六年一次也没有。”

“你已经五十六岁了？”男孩儿高兴地张大嘴巴问，“哈哈，那我们同岁。”

“真的吗？你看起来最多八岁。”

“哈哈，我确实八岁了，”他回答，“但是人一岁相当于狗七岁，按照这么算，我八岁就相当于你五十六岁。”

猎狗气得呼呼喘气，脸上的笑容也不见了。“你弄反了吧，是狗的一岁相当于人的七岁。我五十六岁，你得差不多四百岁才能算作和我同岁！”它说，“你这样没大没小太无礼了。”

诺亚看着它，立刻后悔说过的话了。“对不起，”他连忙说道，“我没有冒犯你的意思，是我太自以为是了。”

“汪！”猎狗咆哮了一声，然后笑了。“好吧，我已经忘记了，”它说，“我们还是好朋友，不过我们刚才在谈论那棵树……嗯，当然，好玩儿的东西，其实不是那棵树。”

“是树后面那个商店。”驴子说。

诺亚避开树干，看向那所奇形怪状的房子。房子几乎被树枝完全挡住了，好像这些树枝突然伸出来保护那所房子，不允许诺亚用好奇的眼睛窥探它。

“那有什么好玩儿的呢？”诺亚问，“在我看来就是个破败的小店铺，而且盖房子的人工作做得也不怎么样，就是乱七八糟堆砌起来的，我还奇怪大风居然没有吹倒它呢！”

“那是因为你看它的方式不对，”猎狗说，“你再看看。”

诺亚在路对面深吸一口气，使劲儿盯着那所房子，希望同伴看到的他也能够看到。

“这个店比我还要老，”猎狗说，从它的语气中能感觉到它好像已经被所看见的东西深深打动了，“住在那里的老人——当然，他已经去世了——在许多年前为了给那所房子营造点儿气氛，在门前种了那棵树，知道吧？但是房子比那棵树要老得多。”

“他是你的朋友吗？我是说房子的主人。”

“一位非常要好的朋友，”猎狗回答道，“每次我路过，他都扔一根骨头给我，我永远不会忘记他对我的好。”

“你现在没有骨头了吧？”驴子问。

“恐怕没有了，”猎狗说，“那都是几十年前的事情了。”

“骨头上肯定会有很好吃的肉，”驴子盯着诺亚坚定地说道，甚至有些激动起来，“是的，美味的东西。”

“当然，老人的儿子也是我的好朋友，”猎狗继续说道，

“不错的小伙子。他小时候住在这里，然后从我们的生活中消失了很长一段时间，但是最后他回来了，直到现在还住在那里。汪！我爸爸曾经告诉过我那位老人怎样种下一粒种子，然后种子长成树苗，树苗长出树干和树枝，树枝上冒出树叶，在镇政府的人还没有机会为它投票时，这棵大树已经成为村子的中心。”

“它看上去好像在那里几百年了。”诺亚说。

“是啊！”猎狗说道，“但是它其实没那么古老。”

“可是，这也不能说明它是一棵与众不同的树啊！”诺亚说，“我在学校里学习了关于自然的知识，它长得很好也没有什么奇怪的。下面的土壤可能碰巧很肥沃，或者那棵树本身就是那种长得快的品种，或者有人每周给它施生长素——我妈妈就那么做，有一次为了让我长高一些，她往我的头上撒了生长素。那时她让我在后花园脱光衣服，拿水管往我身上冲，那里谁都看得见啊，但是我那时还小，”他接着说，“还没有什么害羞的意识。”

“多么生动的故事啊！”驴子吸了一口气，显然它一点儿都不感兴趣。

“我说过这棵树与众不同了吗？”猎狗问道，显然诺亚又得罪了猎狗。

“是啊，你说了它很有意思，”诺亚说，“难道不是因为它特别吗？”

“因为你还没有听到最精彩的部分呢，”猎狗激动地围着诺亚转圈，“那是件非常奇异的事情。每过几天那棵树就发生些怪事。整个村庄都睡觉了，它就是现在这个样子。但是第二天早上当我们醒来时，有些树枝被扯掉了，然而地上什么都没有。而一两天后，它们又长上去了！太令人惊讶了，我认为，这种事应该发生在……”这时猎狗说了诺亚早上经过的第二个村庄的名字，这让诺亚浑身有点儿颤抖，似乎光是说出那个恐怖地方的名字就让他受不了，“不过那里的事跟我们这里发生的完全不一样。”

“太不可思议了！”男孩儿惊叹。

“谁说不是！汪！”

“而那个店，更是吸引人。”

“嗯，当然，汪！那是一个玩具店。”

男孩儿睁大双眼。“玩具店！”他激动地说，“我最喜欢的两个词语！”

“不是我最喜欢的，”猎狗说，“我倒是很喜欢‘一个’这个词，但是对‘玩具店’没兴趣。我一直比较喜欢‘恢复活力’，这样就有力气面对所有的麻烦以免丧命了。年轻人，我觉得你该考虑考虑那个词。”

“我喜欢‘新鲜水果馅儿饼’，”驴子说，“三个美丽的词语。”

“我没有馅儿饼。”不等驴子张口问，诺亚赶紧说道。驴子惊奇地睁大双眼，一时间诺亚怀疑它是不是想吃掉自己。

“看得出来我已经让你不耐烦了，”猎狗一分钟后说，诺亚好像又冒犯了猎狗，它用牙齿把脖子上的围巾围紧了一些，因为突然起风了，天气有点儿变冷，“如果是这样的话，我们不再耽误你的时间了。我们也该上路了，先生，祝你好运。”

“是啊，好运。”驴子叹口气转身离开。

诺亚心里依依不舍，但是他也简单地道了别，然后走过街道，在那棵树旁停下来，伸出手去抚摸。但是手指头在碰到树干之前，他好像听见大树在冲他怒吼，吓得他赶紧把手缩回来。这次不像第一个村庄里那棵苹果树是温和的低语，而是更加凶狠的声音，就像老虎保护幼崽时发出的怒吼声一样。

这时候——有那么一瞬间——他想起家里的爸爸妈妈，当他们发现儿子离家出走后会多么担心啊！现在他们肯定已经发现了。他们当然不会理解，他们会认为诺亚很自私。但是如果现在待在家里……看着……诺亚打了一个冷战，意识到自己不该去想这些事情。

他离开那棵树，一心想把爸爸妈妈从他的小脑瓜里完全赶出去，所以把注意力集中在玩具店上。

他走到玩具店门口。

他看见了门把手。

无意中，他的手已经伸出去，抓住把手、转动、打开，在反应过来之前，他已经走进店里。这时，身后的门突然紧紧关闭了。

木偶

Puppets

走进玩具店其实并非诺亚的初衷。起初他只是想隔着玻璃窗望一望，看看里面都卖些什么东西。他口袋里一分钱都没有，当然什么也买不起，但是看看总可以吧！除此之外，诺亚还想确定一下这里并没有太多的顾客，免得他们认出他这个不速之客，叫警察来把他轰走。

但是不知怎么的，他还没反应过来就被吸进了店里，似乎整件事情都不在自己的掌控之中。这大大出乎他的意料，不过他转念一想，既然都进来了，那就随便瞧一瞧好了，看看这到底是一家什么样的店。

诺亚走进店里，第一感觉就是这里太安静了，这跟他半夜从噩梦中惊醒后感觉到的周围的安静不同。每次从噩梦中惊醒，他总能隐约感觉到有怪异的、模糊难辨的声响从窗户的细小缝隙中渗透进来，他总感觉外面存在某种有生命的物体，哪怕那东西已经沉睡。那种静谧一点儿都不安静。

但是在玩具店里，气氛是完全不同的。这里不仅仅是静，简直是悄无声响。

诺亚去过许许多多的玩具店。每次全家人集体外出购物，他都必定努力好好表现，因为只要他好好表现，父母就会在回家之前带他去玩具店。如果他表现得特别好，甚至还有机会得到一份特别奖励大餐，虽然这样他会把父母吃穷，因为他们没有钱花在奢侈品上。所以即便是妈妈逼着他花七个小时试穿店里的每一条裤子，最后却选定最开始试穿的那条，诺亚也毫不介意，脸上始终保持着明亮的笑容，那神情俨然就是觉得买衣服是一个八岁男孩儿可以做的、最激动人心的事了，一点儿也不会令他歇斯底里地狂叫，把购物中心的墙壁震碎，恨不得所有的顾客、售货员、收银员、衣架、衬衣、领带、短裤和袜子通通都消失在太阳系遥远的尽头。

然而这间商店和他之前去过的那些店完全不同。他向四周打量着，想弄明白到底有什么不同。刚开始，他真的一点儿头脑都摸不着，然后他明白了。

这里一个塑料玩具都看不到！所有的玩具都是用木头制作的。

有沿货架放置的玩具火车，长长的、整齐的车厢和延伸到各个角落的车轨都是木头雕刻而成的。

柜台上面还摆放着一排行进中的士兵，正列队踏步，前往新的国家，迎接新的挑战。这些士兵也是木头制成的。

店里还有房子、村庄、船只和卡车等玩具，每一种都是像诺亚这样大的小孩可以想象得到的，全都是用坚硬的黑色木头制成的，泛着丰盈的光泽，甚至……是的，甚至还发出一种遥远的嗡嗡声！

它们根本不像玩具，而像是某种有生命的东西。每一种玩具都是崭新的，样式各不相同。诺亚觉得，这恐怕是世界上唯一出售这些特别玩具的商店。

这里的每件东西几乎都被仔细地着了色，不是那种毫无生气的色彩，比如诺亚家里玩具上的那种——如果你仔细看的话，就会发现表面有裂痕和缝隙。这里的颜色，诺亚从来没见过，根本叫不上名字来。他的左边就有一个木制钟表，严格来说不是现实中存在的绿色，更像是一种想象出来的绿色。那边木制笔架旁边的木制棋盘，它的主色调说不上是红色，而是一种红色看了都要深感嫉妒的颜色。还有那些棋子，也许有人会说它们是黄蓝相间的，但是又会觉得用这样的词来形容它们简直太过苍白。

这些东西在诺亚看来就很有趣、很奇怪、很与众不同了，然而跟堆满商店四面墙壁的玩具比起来，它们简直不值一提。

那是一堆木偶。

有几十个。不，不止几十个，而是更多，足足有上百个，也许一个人一天也数不过来，即便是用柜台上的那些彩色木头算盘也数不过来。木偶们有着不同的形状、尺寸，高矮长宽各异，颜色也不尽相同，但却无一例外都是木制的，都有着明亮的色彩，仿佛被赋予了生命和能量一般，看起来栩栩如生。

一点儿都不像木偶，诺亚心想，看起来跟真的一样。

木偶们沿着墙壁排成一排，背部用绳子固定，其中不光有木偶人，还有动物、车辆和各种各样稀奇古怪的物件。所有的木偶身上都拴着线，以便不同的部位自由活动。

“太神奇啦！”诺亚喃喃自语道。在他东瞧西看的时候，内心突然涌起一种奇怪的感觉——他感到木偶们的目光正跟随着自己，紧盯着他的一举一动，唯恐他乱摸乱碰、打碎东西，或者把玩具偷偷藏到裤子后兜里。

几个月前，这样的事情确实发生过。那次妈妈突然带他外出——她那时总是很急迫地想跟他在一起做事情，这种迫切让诺亚感到有些困惑。当时他们正在逛一家商店，一副魔术扑克牌竟神不知鬼不觉地跑到了他的口袋里，到底是怎么进去的就很难说清楚了，因为诺亚的确毫不知情。诺亚甚至不记得在商店里看到过魔术扑克牌。但当他们离开时，却被一个身穿蓝色制服、满脸淌汗的大块头保安拦住了，那人用严肃的口吻请诺亚和妈妈跟他走一趟。

“为什么？”诺亚的妈妈问道，“请问有什么事吗？”

“夫人，”保安说道——他用的这个词让诺亚感觉他们好像突然之间到了法国，“我有理由相信您的孩子身上有样东西没付钱。”

诺亚抬头看了看他，眼神中夹杂着愤怒和屈辱。愤怒是因为他觉得自己可以有很多名号——真的是很多名号——但绝不是小偷；屈辱是因为没有比被大人当作小孩儿更让他烦恼的了，尤其是当保安堂堂正正地站在他们面前的时候。

“怎么会呢，这也太可笑了，”妈妈不屑地摇了摇头，说，“我儿子绝对不可能做这种事。”

“夫人，您若不信，请检查一下他裤子的后兜。”保安说道。

果不其然，诺亚回身一掏口袋，就摸到了那副魔术扑克牌。“可是，我真的没偷啊！”他辩解道，惊讶地盯着那副扑克牌，盒面上的图案——那个黑桃兴奋地向他眨了眨眼。

“那么就请你解释一下这是怎么回事吧。”保安叹了一口气说道。

“你有什么问题就跟我说。”妈妈插话道，她盯着那个保安，声音抬高了一些，夹杂着一丝愤怒，“我儿子绝对没有偷你们的扑克牌。我们家有一大堆呢，我正在教他怎么出老千，以便让他在十八岁之前赚到大钱。”

保安瞪大眼睛吃惊地看着她，他见惯了家长们在遇到这种情况时如何怒斥自己的孩子，逼着他们坦白，但眼前这位妈妈显然不打算那么做，她看起来是那种对儿子给出的答案绝对信任的妈妈，这种情况可不多见。

“你没有偷这副扑克牌，对不对？”过了一会儿，她转而问诺亚。那语气根本不是在询问，而是在陈述一个事实。

“当然没有。”诺亚说的是实话，他确实没有偷。

“好的，那么……”妈妈转身对保安耸了耸肩说，“事情已经很清楚了。你要向我们道歉，不过我建议你向慈善机构捐一笔款，作为错怪别人的补偿。或许可以捐笔钱给动物，比如飞禽类，那是我最喜欢的物种。”

“恐怕事情没那么简单吧，夫人，”保安坚持说，“扑克牌的确是在您儿子的口袋里找到的，必定是有人放进去的。”

“没错，”妈妈从诺亚手中拿过扑克牌，微笑着递给保安，“这不是魔术牌吗？也许是它们自己溜进口袋的呢！”

这是愉快的回忆之一，但诺亚并不愿意去回想。不过眼前的商店和记忆中的那个截然不同。这儿没有保安，没人会指责他做了一些他并没做过的事。他咬了咬嘴唇，小心地四处张望，思量着自己该不该退出去，接着向下一个村庄前进。还没等他打定主意，就听到有声音离他越来越近。

是脚步声。

沉重而缓慢的脚步声。

诺亚屏住呼吸，竖起耳朵细听。他的眼睛不自觉地眯了起来，好像这样就能听得更清晰，在那一瞬间，脚步声好像停住了。诺亚松了一口气，但是还没等他转过身，脚步声再次响起。他定在原地，试图分辨出脚步声传来的方向。

在下面！诺亚一边想着一边低头看去。

果然，从商店地板下面传来了脚步声，沉重的靴子慢慢踏在楼梯上的“砰砰”声一步步地接近他。他向周围扫了一下，想看看其他人有没有听见这脚步声，然后意识到店里只有他一个人。

除了木偶以外，只有他一个人。

“有人吗？”诺亚小心翼翼地问道，他的声音在屋子里回响着，“喂，有人吗？”

脚步声突然停了一下，又继续响起，接着再次迟疑地停下，又响起，然后越来越大。

“有人吗？”诺亚提高声音又问了一句，每一根神经都紧绷了起来。他咽了一下口水，吃惊地发现自己此刻既害怕又安心。这种感觉不同于他在树林里迷路的那次。那次他整晚未归，父母必须在他被狼吃掉之前找到他——当时真是恐惧极了。这也不同于他被困在地下室那次，当时地下室的灯坏了，门闩落下来锁上了门，他只是觉得烦恼。现在的感觉则完全不同，好像他应该待在那儿，而且要做好准备面对接下来发生的事情。

他转过身，瞥向商店门口—— 这次真是大大吃了一惊！那门竟然消失不见了！肯定是自己溜达得太远，看不见大门了，但他不记得自己走了那么远啊！开始时他也没觉得这家店大得出奇，竟然会让人迷路。他转过身向后看，没有发现出口，也没有指向出口的标识牌。他身后只有成百上千的木偶，每一个都用挑衅的目光望着他，或抿嘴，或大笑，或蹙眉，或狰狞……它们用诺亚所能想到的所有善意或凶狠的表情，表达着各种各样的感情。他突然间觉得那些木偶根本不是他的朋友，它们一个个正朝着他的方向移动过来，将他团团围住，并不断缩小着包围圈。

木偶们低声议论着：

"他究竟是谁？"

"一个陌生人。"

"我们不喜欢陌生人。"

"长得还挺滑稽呢，是不是？"

"以他这个年龄，矮了点儿。"

"可能还没开始长个儿呢。"

"头发还不错。"

议论声越来越杂乱，但仍然是窃窃私语。诺亚很快就听不出它们在说什么了，因为它们都在同时说话，混杂在一起就成为一种他听不懂的语言。木偶们已经把诺亚包围在狭小的圈中。诺亚恐惧地抬起双手，闭上眼睛，他打算转过身数到三，并且在拿开双手、睁开双眼时，最好大声尖叫，肯定会有人来救自己的。

一。

二。

三——

“嘿！”一个男人的声音响起，木偶们突然停止了吵闹，立刻安静下来。诺亚只听到这个声音问道：“你是谁？”

老人

The Old Man

诺亚睁开了眼睛。那种所有的木偶都要围过来把他吞没的感觉消失了。喃喃自语声消失了，窃窃私语声也消失了。令人惊奇的是，木偶们好像一下子都回到了架子的原位上，这让诺亚觉得自己很可笑，木偶们怎么可能会盯着他、议论他呢，毕竟它们不是真人，只是一群木偶而已。但是眼前这个跟他讲话的老人却是如假包换的真人，站在离他几步远的地方，微笑地看着他，仿佛已经等待他很久了。老人站在那里，手中拿一把小凿子，正在雕刻一小块木头。诺亚紧张地咽下一口唾沫，忍不住惊呼出声。

“孩子，”老人停下手中的雕刻动作说，“没必要这么吃惊吧！”

“刚才这儿还没人呢。”诺亚奇怪地四下望了望，还是看不到他进入商店时穿过的门，那么老人到底是从哪儿出来的呢？“我没看见您进来呀！”

“我可没想吓唬你。”老人说道。他看起来年纪不小了，甚至比诺亚的爷爷还要老，顶着一头与麦片玉米粥颜色一样的乱发。他的双眼炯炯有神，让人不由自主地看进去，脸上的皮肤倒是尽显衰老之色。“我正在楼下工作，听到有脚步声，就上来看看是不是有顾客来了。”

“我也听见脚步声了，”诺亚说，“肯定是您上楼的脚步声。”

“我的天哪，绝对不可能，”老人一边摇头一边说道，“我不可能是听见自己的脚步声才上来查看的吧，肯定是你的脚步声。”

“但是您自己都说您刚才在楼下啊！”

“我说了吗？”老人皱了皱眉头，又捋了捋胡子，说道，“我记不清了，都过去那么久了，对吧？我的记忆力大不如前了。我刚才听见的也许是门铃的响声。”

“但是这里没有门铃啊！”诺亚说道。他话音刚落，门铃好像突然记起了自己的职责，店门上方响起了一声悦耳的叮咚声，门又出现了，就在诺亚的身后，离他几步远的距离。

“门铃也老啦，”老人抱歉地耸了耸肩，解释道，“你别介意啊。它每天不止做这一件事，因此有时它会忘记自己的本职工作。甚至可能它这次响不是因为你来了，而是因为去年那个客人。”

诺亚转过身，张着嘴，惊讶地瞪大眼睛盯着门铃，然后转过身来，不知道该说些什么。

“不管怎么说，让你等那么久我感到十分抱歉。”老人说道，“近来我感觉自己走得比蜗牛还缓慢，可不像年轻的时候啦。那时候我健步如飞，德米特里·卡普尔迪都比不过我！”

“没关系的，”诺亚耸了耸肩说，“我刚到这儿没多长时间。我进来的时候还没十一点钟呢——啊！”他瞟了一眼手表，表上竟然显示着快到正午了，“这绝不可能！”

“我敢保证这有可能，”老人说，“你刚刚只是忘记时间了。”

“忘了整整一个小时？”

“这不稀奇。我曾经忘了一年的时间呢！我把时间放在这里的某个地方，之后再回来寻找时却怎么也找不到。这些天我总感觉它会在我意想不到的时候突然冒出来。”

诺亚皱了皱眉，怀疑自己的耳朵听错了。“一个人怎么会丢失一年的时间呢？”他好奇地问道。

“嗯，没有你想象得那么困难。”老人一边说，一边把左手拿着的木块和右手拿着的凿子放下，然后摘下眼镜，用一块彩色手帕轻轻擦拭着镜片，“或许，根本不是一年的时间，而是一念之间。”他把手放在头的两侧，拉了拉耳垂，“不对，绝对是一年的时间，毋庸置疑。”

诺亚瞪着老人，不明白他到底在说什么。老人的话令他摸不着头脑。

“您指的是玩具吧？”他指着四面墙问道，“我看了它们好久了，所有的木偶我都看过了。那么多的木偶，我看着看着就入神了。”

“是啊，”老人叹了一口气，说道，“都怪这些木偶，总是让人分神。”

“我没怪它们，”诺亚说道，“我的意思是它们把我吸引住了。它们栩栩如生，似乎被赋予了生命，我去看它们的时候不知不觉就忘了时间。”

“现在最关键的是你来了，”老人绽开一个大大的笑容，“你不知道，很久都没有顾客光临了，我甚至都不会招呼客人了，好像我还没有好好地接待你呢。”

“没关系的。”诺亚说道。他向来对那些不得不站在商店门口不停地说着“欢迎光临”的人深表同情，他们肯定很痛苦。

“如果我能早点儿上楼来，还能请你吃午饭，但是现在时间已经过了。”

诺亚非常沮丧。他已经饥肠辘辘了，肚子“咕咕”喊饿。

他只好干咳了两声，以掩盖这尴尬的声响。不过他马上又改变了主意，心想要是老人听到他肚子里的响声，也许会改变主意请他吃一顿。

“不管怎么说，你既然进来了，”老人接着说道，“就肯定有原因，你想买什么吗？”

“我大概不需要，”诺亚低头盯着地板，有点儿尴尬地说道，“我没钱。”一只灰粉相间的木制老鼠正坐在他脚边，听到这话朝他的脚趾“嗤”了一声。诺亚一看它，它马上跳开了，发出惊讶的“吱吱”声，然后逃到角落里一只长颈鹿的腿底下藏了起来。

“那恕我冒昧地问一句，你为什么要到这儿来呢？你不是应该在学校吗？”

“不，我再也不去上学了。”诺亚答道。

“可你还是个孩子啊，”老人说道，“小孩儿就应该去学校啊，还是说现在的法律已经变了？我没有责备你，我那时候也不怎么在学校待着，总是到处跑，因此遇上的麻烦事多得说也说不完。”

“都是些什么样的麻烦事？”诺亚来了兴致，他喜欢听别人讲这类遭遇。

“我从来不饿着肚子谈论往事，”老人说，“我还没吃午饭呢！”

“可是您刚才说……”

“好了，我就想知道你为什么进来？”

“是这样的，起初是因为一棵大树，”男孩儿答道，“门口的那棵树。我当时正站在街对面，一眼就看见了它。我长这么大，还没见过这么让人印象深刻的树。就是这样。”

“很高兴你喜欢它，”老人说，“你知道吗？这树是我们刚搬来那天我爸爸种下的。他很喜欢树木，村子里还有几棵他种的树，不过这棵长得最好。这棵树还流传着许多神奇的故事呢！”

“是啊，我就听过一个。”诺亚兴奋地说。

“真的吗？”老人抬起眉毛问道，“你是从哪儿听来的？”

“街上有一条很热心的达克斯猎狗，”诺亚答道，“和一头很饿的驴子。猎狗告诉我这棵树的树枝每过几天就会被扯掉一些，但不知为什么它能在一两天之后长出新的枝条。猎狗说没人知道这到底是怎么一回事。”

“猎狗满肚子的故事，它和你说的是这件事啊。”老人笑着说，“它是我的老朋友了，它说什么我都不介意。猎狗向来最会编稀奇故事。至于那头驴子……嗯，提起它我可真是有话要说了。一般人一天吃十二到十五顿饭就够了，它吃饭的次数是别人的三到四倍，不然就会哭鼻子。”

“一天吃十二到十五顿饭？”诺亚非常惊讶，“我肯定我从来没有……”

“无论如何，那些给这间店编故事的人，”老人打断他，“我向你保证，它们从来没有踏进过店门一步。”

“真的吗？”男孩儿又问道。

“是啊，到现在为止，是这样。”老人笑道，“你是第一个。也许是上天出于某种原因带你来的。我爸爸很多年前就去世了，所以他不知道这棵树现在长到了多高，树干有多粗。”他说到这儿，脸色黯淡下来，有些不安地移开眼神，似乎勾起了一些难过的回忆。

“我爸爸是一个伐木工人，”诺亚赶紧说道，“他以伐木为生。”

“天哪，”老人说道，“他不喜欢那些树吗？”

“我想他非常喜欢，”诺亚回答说，“但是人们需要木头，不然就会没有房子住，没有椅子坐，没有……嗯……”他试图想出一些其他的木头制成的东西，向周围看了看，突然绽开笑脸，“就没有木偶们！”他说道，“一个木偶都做不成。”

“那倒是真的。”老人慢慢地点了点头。

“而且他每砍掉一棵树，就会种十棵树，”诺亚补充道，“所以也是在做好事啊！”

“然后也许有一天，等你变得跟我一样老，你就能沿着树林漫步，就会想起你的爸爸，像我想起我的爸爸一样。”

诺亚点了点头，却微微皱起了眉头。他不愿意想这种事。

“我还没自我介绍呢！”过了一会儿，老人说道，并伸出手，报上了自己的名字。

“我叫诺亚·巴里沃特。”诺亚回应道。

“很高兴认识你，诺亚·巴里沃特。”老人微笑着说道。

男孩儿本想说同样的话，他张了张嘴，但马上闭上了，

因为一只木头苍蝇正围着他的脑袋转来转去，伺机飞到他的嘴里去。一时间，两个人都沉默下来。

诺亚看了老人很久，他感觉都能听到自己的头发生长的声音。他满脑子地搜寻着，在他的左耳朵下找到了下一个问题。“您在雕刻什么？”他看着老人手中那块木头。

老人甚至能一边说话一边熟练地雕刻，小木屑一片一片地落在脚下，然后，一把木扫帚和一个木簸箕像一对优雅的舞者一样跳着舞步越过地板，将木屑收拢、清走。

“看起来像兔子，对不对？”老人举起木块。的确，它看起来就像一只兔子，长着大大的耳朵和精致的胡须。“我原本没打算雕刻兔子，但是现在已经成这个样子了。”他叹了口气道，“每次都是这样，我做之前本来有很好的打算，做出来的却总是完全不同的东西。”

“嗯，那您最初想把它做成什么样子呢？”诺亚问道。

“哈哈！”老人总算开心了一点儿，还哼了一下小曲儿，“我说了恐怕你不信。”

“我有可能会相信。”诺亚赶紧说道。

“你真想知道？”老人又问。

“说吧！”诺亚的好奇心上来了。

“你不会乱嚼舌根吧？”老人问，“你不会跑去跟别人说吧？”

“不会，当然不会，”诺亚保证说，“我谁也不告诉。”

老人笑了，似乎在考虑。“我不知道该不该相信你，”他轻轻地说，“你是个值得信任的小男孩儿吗，诺亚·巴里沃特？”

钟表、门和记忆之箱

The Clock, the Door and the Box of Memories

诺亚还没来得及向老人解释自己有多值得信任，就听到旁边柜台上的一个钟表发出某种奇怪的响声。起初只是轻微的呻吟声，像是钟表身体不舒服，想要上床去把身体埋在毯子里缓解疼痛。然后又安静下来，之后呻吟声转化成“唰唰唰”的声音，而后又变成一种古怪的“隆隆”声，仿佛里面所有的齿轮和弹簧都剧烈地吵了起来，钟表随时可能会瘫痪。

“我的天哪！”老人转身看了一眼，说道，“失礼了，失礼了，请原谅。”

“原谅？”诺亚惊讶地问道，“乱响的是钟表啊！”

正说着，那钟表发出一声抗议的尖叫，惹得诺亚捂着嘴想笑。这声音让他想起了查理·查尔顿，他的肚子一到该吃午饭的时间就会发出无比奇怪的声音，布莱特老师一听到那个声音就会看看表，然后说：“我的天哪！已经到时间了，该吃午饭了！”

诺亚正想笑，脑子里那个指示着他逃离家门的意念让他犹豫了，他甚至觉得笑一笑都是一种罪过。他好久都没有笑过了，他觉得自己像是一只冬眠几个月之后苏醒的刺猬，完全不确定自己想当然做的事情是不是自己应该做的。他很快摇了摇头，把笑容从唇边赶走，扔到玩具店的角落里。笑容落在一堆木制砖头上面，不到深冬是很难被人发现的。

“这台钟表可不一般。”诺亚说着，弯下腰细细观察。他刚一靠近，那钟表的秒针马上就不转了；当他退后一步看向别处时，秒针就又转起来，而且比之前走得快了一些，好像是为了赶上正确的时间。

“你最好别盯着它，”老人明了地点点头说，“亚历山大不喜欢被人盯着，会妨碍它前进的脚步。”

“亚历山大？”诺亚向四周张望了一下，看看是不是店里还有什么人他没注意到，“谁是亚历山大？”

“亚历山大是我的钟表，”老人答道，“它很害羞。当然这有些奇怪。钟表们多半都爱炫耀，总是在不停地走啊走，“滴滴嗒嗒”地响个不停，好像停下就没命了。而亚历山大却不这样，事实上，它更希望我们注意不到它。它脾气相当大。你不知道，它来自俄国，那儿的人都很有趣。我是在圣彼得堡的冬宫捡到它的，都过了那么多年了，它还是运转良好，尤其在跟它谈论时事或者信仰的时候，因为那会让它的发条上得满满的。”

“我不是有意冒犯它的，”诺亚说道，他不知道自己该怎么理解这些话，“不过是因为它发出的声音很有趣，就这样。”

“哈哈，那是因为该吃午饭了，”老人说道，高兴地拍了一下手，“它肚子发出‘咕咕’的声音，是在提醒我到时间了。这是它开的一个小玩笑。你发现没有，俄国人都挺爱开玩笑的。”

“可是钟表没有胃啊！”诺亚困惑地问道。

“没有吗？”

“没有。它们身上有钟摆或平衡齿轮，还有一种不断震动的振荡器，保障整个机器的正常运转。我上次过生日的时候，泰迪叔叔送我的礼物就是一台未组装的钟表，上面写着‘二十四小时内拥有自己的钟表’，而我花了两周时间才组装好。”

“真的吗？运行得怎么样？”

“不太好，每天只走对两次，有时甚至连两次都没有。”

“明白了，”老人说道，“不过，你似乎对钟表挺有研究的。”

“是啊，我喜欢科学，”诺亚解释道，“没准儿哪天我能成为天文学家呢，这也是我将来打算从事的职业之一。”

“哈哈，我记住你的话啦。”老人说，“我还一直以为是它的肚子在叫呢，很可能是我错了。不管怎么说，该吃午饭了。”

“我还以为您吃过午饭了呢！”诺亚一想到吃的，心就开始怦怦乱跳。他好久没吃东西了，真担心自己会饿晕。

“我只吃了一点儿零食，没吃别的，”老人接着说，“就是一些鸡肉、一份蔬菜沙拉和一些香肠。再不吃就该坏了。我还吃了一块乳酪三明治，后来又吃了一块蛋糕，这些都算不上正餐。我想你也饿了，是不是？毕竟你从家里出来得太早了。”

“您怎么知道的？”诺亚惊讶地问道。

“嗯，一看你的鞋就知道了。”老人答道。

“我的鞋？”诺亚低头看了看双脚，没发现什么不对劲儿，“您是怎么从我的鞋判断出我离开家的时间的？”

“你看看自己的鞋底，”老人说，“有一点儿潮湿，上面还沾着细小的草叶，但是它们快干了，掉在了我的地板上，这表明出现露水后不久你就从草地上走过。”

“哦，”诺亚想了想说，“还真是，我从来没有想过这些。”

“等你穿破的鞋跟我一样多的时候，你就会开始注意别人脚上穿的东西了。”老人说，“我就有这个怪癖，希望没吓到你。好了，无论如何，你也许想吃点儿东西，我这里吃的东西不多，不过……”

“我很愿意吃一点儿，”诺亚赶紧说，脸上有了光彩，“我一整天都没吃东西了。”

“是吗？你父母不给你东西吃吗？”

“他们给。”诺亚犹豫了一下，答道，“只不过……是这样的，我在吃早饭之前就从家里出来了。”

“那你为什么不吃点儿东西再从家里出来呢？”

“嗯，家里什么吃的都没有。”诺亚撒了个谎。

老人盯着诺亚，好像根本不相信他的话。诺亚感到自己的脸微微涨红了，他把目光移开，正对上墙上一个木偶的眼睛。那木偶立刻扭过头去，似乎不能忍受一个小男孩儿在午饭之前说谎。

“好吧，如果你真饿了，”老人终于说，“我想我得给你点儿东西吃。跟我上楼怎么样？我敢肯定我一定能找到你爱吃的东西。”

他向房间的一个角落走过去，伸出右手，墙上立刻出现了一个把手。老人伸手拧了一下，打开了一扇门，里面是楼梯，直接通到楼上。诺亚惊讶地张着嘴，他确定那儿刚才根本就没有门。他看看那扇门，看看老人，然后又转过头去看看门，再转过来看看老人，如此反复了几次。如果老人不出声打断他的话，这个动作还会持续更久。

“喂！”老人扭头问道，“你不过来吗？”

诺亚稍稍迟疑了一下。早在他刚刚懂事的时候，就听说有个愚蠢的小男孩儿跟随陌生人走进了奇怪的走廊里，而且是在人们根本不知道他在那儿的情况下。诺亚的爸爸也经常告诫他说外面的世界很危险，他妈妈却责怪他爸爸不该吓唬孩子。在他妈妈看来，孩子只要记住，看起来很友好的人不一定真的是好心人就行了。

“你似乎在犹豫，”老人仿佛看穿了他的心思，轻轻地说道，“这也没错。不过我可以向你保证，在这儿没有什么可担心的，更不用怀疑我的厨艺。我年轻时去过很多次巴黎，跟那里当时最有名的厨师学了几手。也许这话不该我自己说，但是我的厨艺确实可以和那些最好的厨师相媲美。”

诺亚不确定自己是否应该这样做，不过肚子里“咕咕”的叫声都快赶上钟表的声音了，那钟表此刻一只脚有意无意地搭在柜台上，正笑里藏刀地盯着他。诺亚实在饿得不行了，他飞快地点了点头，跑上前去，跟着老人穿过了那扇敞开的门。

一进去，诺亚就发现自己面前有一道窄窄的楼梯。楼梯和墙壁同商店里的木偶们一样都是木制的，扶手上雕刻着繁复精细的花纹。诺亚用手指轻轻地摩挲着那些花纹，感受着凹凸之处摩擦肌肤时的质感。花纹很平滑，仿佛是仔细刻进木头里，又用刨子细细地磨平每一根木刺。令诺亚感到惊讶的是，楼梯并非像他家中的那样直上直下，而是盘旋而上，因此诺亚几乎看不到走在他前面的老人的身影，他们只是偶尔有几步出现在对方的视野里。

他们不停地爬啊爬、绕啊绕，诺亚不知道他们还需要爬多高。这家商店从外面看着最多只有两层，然而现在，他却感觉这楼梯好像没有尽头。

“爬这么多楼梯可真够费劲儿的，”诺亚气喘吁吁地说道，“您每天上上下下这样爬不累吗？”

“现在是比以前累多了。”老人承认道，“当然啦，我年轻那会儿，每天爬一千个来回都不在话下。现在不行了，做每件事都比以前多花很多时间。这儿的楼梯一共有二百九十六级或者二百九十四级，跟比萨斜塔的楼梯级数一样。不知道你数着没有。”

“我没数，”诺亚说，“不过，到底是二百九十六级还是二百九十四级？”

“嗯，两个都是正确的。”老人说，“朝北的楼梯比朝南的楼梯少两级，所以哪个数正确取决于你是从哪边上来的。你去过意大利吧？”

“没有，”诺亚摇了摇头说，“我没去过，我哪儿都没去过。实际上，这次出来是离家最远的一次。”

“我在意大利度过了许多快乐的时光，”老人若有所思地说，“有段时间，我住的地方距离比萨斜塔很近。每天早晨我都跑步到那儿，上上下下地爬楼梯锻炼。多么美好的回忆啊！”

“您好像去过很多地方！”诺亚说道。

“是啊！我年轻的时候特别喜欢旅行，无法停下我的双脚。现在不同了。”他转过身，看着男孩儿，“我想你一定爬楼梯爬烦了吧？”

“有点儿。”诺亚承认道。

“那好吧，”老人说，“那我们就在这儿停下吧！”

他的话音刚落，诺亚就听见一阵重重的上楼的脚步声从身后传来。他确信刚才没人在楼下，于是紧张地屏住了呼吸。他转过身，提防有什么人或物体突然跳出来，然后就被眼前的一幕惊得倒吸一口冷气，身子紧紧靠在楼梯扶手上——他们刚才穿过的那扇门正喘着粗气跑过他的身边，脸颊因为尴尬而涨得通红。

“抱歉，十分抱歉，”门一边说，一边把自己紧紧固定在诺亚面前的那道墙上，“我刚才跟钟表聊着聊着就忘记了时间。它走起来就不停，是吧？”

“没关系，亨利。”老人伸手拧了拧门上的把手，“我现在连再买一扇门的钱都没有了，”他扭过头看了看诺亚，面带歉意地笑了笑，接着说，“所以我只能用这一扇了。实在是不好意思，这些年生意不好。”

诺亚不知道该说什么好，他在楼梯上站了好半天，才从惊讶中缓过神来。他从那扇名叫“亨利”的门望进去，看到里面有一间小厨房，既干净又杂乱——如果这两个词可以同时使用的话。他低下头看了看地板，惊讶地发现地面上只有三分之一的地方有地板，地板与地板之间是大大的缝隙，大到足以吞下一个八岁男孩儿。诺亚朝缝隙里看了看，下面一片黑暗。但楼下房间的天花板却没怎么受影响，这倒是挺令人吃惊的。

“咱们进去吗？”老人问道，说着后退了几步，十分有礼貌地让诺亚先走。

“但是这地板……”诺亚喘着粗气说道，“我如果走进去，就掉下去了。”

“对了，”老人说，“我是该向你解释一下的。去年我一时没柴烧了，只好用了几块地板。不瞒你说，它们是不太高兴，我也不好受。不过，剩下的地板还是补上了空缺。看着！”

诺亚瞪大了双眼，看着老人毫不犹豫地走进了厨房。他一走进去，地板们就活动起来，跳动着前行，跟随着老人的步伐，不停地变换着位置。老人没有掉下去，因为他每踏出一步都有一块地板及时出现在他的脚下。

“真是不可思议！”诺亚难以置信地摇了摇头，决定亲自上去试一试。这次，地板还是一样四处跳跃着，在他掉进黑暗中之前跳到他的脚下，但是它们看起来似乎有点儿躁动不安，诺亚能肯定自己听到了喘息声。

“它们还不习惯让两个人走过，”老人解释道，“而且越来越容易疲劳了。我们应该体谅它们。现在，我想，该吃东西了。”

诺亚小心地走向橱柜上放着的一排各种各样的食物，他舔了舔嘴唇，口水都要流出来了。他想，要是那头饥饿的驴子能受邀前来和他分享这些食物，它会多么兴奋啊！

“请用餐吧，”老人示意道，“不要客气。拿个盘子自己选，爱吃什么拿什么。要是这些还不够，我肯定还能找些别的……”

“不用，不用，”诺亚连忙说道，“这些足够了。非常感谢您，先生。”他突然间喜欢上了这家店的主人，对他的仁慈感激不尽。他往盘子里装上了冻肉、拌卷心菜、一个面包圈、一大块干乳酪、两个熟鸡蛋、几片火腿肠和一块熏肉，又放了一点儿辣根调味料。他觉得这些作为开胃菜足够了。橱柜另一端有一堆看起来非常鲜嫩的橙子正把自己挤到一个榨汁机里，诺亚等着给自己倒一杯橙汁。

“不管怎么样，不用说谢谢了。”其中一个橙子张口说道。它转眼间就被挤成了一块烂果皮，疲惫地摊在橱柜上，向诺亚眨了眨眼。

“还是谢谢你们。”诺亚说完，小心地走开了。他看见一只白色木制泰迪熊，扎着一个亮红色的木领结，正坐在窗台上。诺亚想坐到它身边吃东西，但向它走去时发现泰迪熊睨了他一眼。诺亚马上停住了脚步，不知道该怎么办了。

“坐到这边来吧，孩子。”老人指着餐桌旁的一把椅子说道。他说完，迟疑了一下，拿起了一块木头和一个厚实的凿子，这个凿子的刀面比之前在楼下用的那个锋利得多。老人开始雕木头，开始还有些小心翼翼，慢慢地越来越自信。“拿这个再试试。”他的脸上露出了笑容。

“这次您雕的是什么啊？”诺亚问道，“还是兔子吗？”

“希望不是，”老人回答说，“虽然每次雕刻出来的东西都不是我想要的。谁知道这次又是什么呢？不过尝试一下也没关系。”他说着，坐到另一把椅子上，用手按了按腰。“后背不行了，”他发现男孩儿正看着他，便嘟囔道，“人老了，毛病也多了。只能怪我自己，要是保持原来的我就好了。我想你肯定认为每个人都会变老，认为我的抱怨不可理喻。”

“不，”诺亚毫不犹豫地说，“不是的，我根本没这样想过，不是每个人都会变老的。”

老人盯着他，回味着他的话，但没再多问。“吃吧，”过了一会儿，他指着男孩儿面前装得满满的盘子说，“吃吧，待会儿就凉了。”

尽管诺亚很饿，倒也没有狼吞虎咽地吃下这顿午餐，因为妈妈总是教导他应该为下一顿饭着想，不能像一头饿了一个月的猪一样。诺亚轻轻地咀嚼着，慢慢地享受每一口食物，真是太美味了，比他以前吃过的东西都好吃。

“我以前也像你这样吃饭，”老人说，“不过现在再也不那样了。我一天像这样吃十二三顿饭也就够了。”

“十二三顿饭？”男孩儿惊讶地问，“我们在家一天只吃三顿饭，早饭、午饭和晚饭。”

“天哪！”老人惊叫道，“听起来不可能啊。难道你妻子不知道怎么做饭吗？”

“我妻子？”诺亚忍不住笑出声来，“可是我没有妻子啊！”

“你没有吗？为什么没有？你看起来是个讨人喜欢的小伙子，一看你就很好相处，身上也没有怪味。还有……”他闻了闻，想了想，又补充道，“实际上，既然我提到了……”

“可是我才八岁，”诺亚说，“八岁是不能结婚的！而且我也不想这么早结婚。”

“真的吗？”老人问道，“我能问问为什么吗？”

诺亚想了想，最后说道："嗯，或许等我年龄够大的时候我会结婚，比如二十五岁。我们班有个叫萨拉·斯基尼的女孩儿，她是我的第四个好朋友，我希望将来能跟她结婚。"他向四周打量了一下，发现这个厨房很小，看起来像是为一个人设计的，于是问道："您呢？您没结婚吗？"

"没有，"老人摇了摇头说，"我还没遇到合适的女孩儿。"

"您一个人住在这儿吗？"

"是啊。不过我有很多同伴，比如亚历山大和亨利，你见过了。"

"是钟表和门吗？"诺亚问道。

"是啊。还有其他的，有很多，我都记不清了。当然了，还有我的木偶。"

诺亚点了点头，接着吃他的午餐。"真好吃！"他说道，嘴里塞满了食物，"不好意思啊！"他加了一句，有些羞涩地笑了笑。

"没关系。"老人说着，把木头从身边拿开，吹掉上面的木屑。他仔仔细细地把木头检查了一下，看起来很满意，接着又小心翼翼地用凿子继续雕刻那块木头，"没有比看着一个饥饿的男孩儿吃东西更享受的了，"他说，"既然你没有妻子，那我想你也是一个人生活了？"

诺亚摇了摇头说："不是，我和我的爸爸妈妈住在一起。"

他想到自己的家人，手中的叉子停顿在半空。“或者应该说，我以前跟他们住在一起，”他更正道，“在我离开家之前。”

“你不住那儿了吗？”

“是啊，我今天早晨离开的。我想出来看看世界，闯一闯。”

“啊，那有什么值得闯的？”老人微笑着说，“我曾经去荷兰过周末，结果卷进了一场暴乱中，足足待了一年才回来。”

“我还真没想过自己会碰上那样的事。”诺亚说道。他对时政没什么兴趣。

“你的父母愿意让你离开吗？”

诺亚沉默了很久，低头盯着自己的盘子。他的脸色很难看，眼前的食物突然看起来没有刚才那么诱人了。

“如果你不想说，就不必告诉我了。”老人说，“我大概明白八岁的孩子是怎么想的，毕竟，我也是从八岁过来的。”

诺亚愣了一下，眼前的人已经这么大岁数了，竟然还记得自己八岁时的情景。

“您八岁的时候也离家出走了吗？”诺亚问道，他抬起头看着老人，努力咽下一口唾液。有些事情，他实在不愿意想起，因为心里会觉得很不安。从早晨醒来到现在，他一直强迫自己不要去想这些，但是现在这些记忆竟好像能从他的脚趾沿着膝盖一直向上，到他的双腿，然后是后背，最后冲到他的大脑，把那些他不愿看到的画面送到他的眼前。

“我小时候也做了很多事，”老人说，“有不少是糊涂事。”

诺亚对那些糊涂事非常感兴趣，正要问老人是什么时，突然发现他的脚边放着一个巨大的木头箱子。他有些惊讶，因为自己刚才坐下的时候并没有看到这个箱子。这箱子看起来非常华丽，里面像是装着那种妈妈经常在商店里拿起来细细观赏，并非常希望能买回家的古董。箱盖上雕着一个木偶，跟楼下墙上挂着的木偶很不同。诺亚弯下腰更仔细地看了看。“这也是您做的吗？”他抬头问道。

老人摇了摇头。“不是，”他答道，“不是我做的，我可没有那么好的手艺。看看这些细节，相当精致。”

“是挺棒的！”男孩儿说道。他伸出手摩挲着花纹。箱盖上雕刻的木偶看起来像是一个开心的家伙，它有着长长的、圆柱形的身体，头上戴着一顶尖尖的帽子。它的腿很细，看起来在箱子上站不了多久就会倒下。

“你肯定会惊讶，”老人仿佛读懂了诺亚的心思，说道，“如果你用一棵老树来雕刻木偶，因为木头很坚硬，处理得好的话，能保持很久。即使这个木偶跑到世界尽头，再跑回来，它也不会坏，可能需要的只是重新上一遍亮漆。”

“这个箱子不是您做的，”诺亚问道，“那是谁做的？”

“我爸爸，”老人答道，“那是很久以前的事了。我很多年都没打开看了，这里面装着好多记忆。有时候，面对记忆是一件很困难的事，就算只是看一眼，都会觉得难过，或者悔恨。”

老人的话让诺亚对箱子里装的东西更加好奇了。他低下头，咬着嘴唇看看它，然后又抬起头，迫切想知道里面装着什么。想了一会儿，他下定决心——最简单的方法就是直说。他问道：“我能打开它吗？我能看看里面是什么吗？”

老人张了张嘴想回答，却又向四周看了看。他看起来很困惑，好像不能确定自己到底想不想让这一箱子记忆公之于众。诺亚不想打搅他作出决定，所以并没有说话。最后老人收回眼神，微笑着点了点头。

“如果你想看的话就打开吧，”老人轻轻地说，“只是拿这些东西的时候当心些，它们对我来说很珍贵。”

诺亚兴奋地点了点头，伸手抱起箱子放到餐桌上。他注意到箱子上那个木偶的两侧还有许多极具异域风情的建筑物，他在地理课本上见过。其中一座建筑物看起来有点儿像巴黎的埃菲尔铁塔，还有一个像罗马竞技场。他屏住呼吸，双手抓住箱盖边缘，小心地抬起。他相信自己定能看到一些不同寻常的东西。

然而让他失望的是，里面装的只是另一些木偶。

“唉！”他叹道。

“怎么了？”老人问道，“有什么不对的吗？”

“嗯，我还以为里面可能有照片什么的呢。”诺亚说，“我很喜欢看照片，或者旧书信。但是只有木偶，跟楼下的那些一样。当然，它们也很不错。”他赶紧补充道，生怕冒犯了主人，还边说边拿起一个木偶仔细地研究着，“我没有别的意思，只不过我原本以为里面会有一些与众不同的东西。”

“但是它们很与众不同啊，”老人回道，微笑地看着他，“楼下那些木偶，嗯……都是我做的。但这箱子里的木偶是我爸爸留给我的遗物。对我来说，它们很宝贵，就跟外面那棵大树一样。它们总是让我想起他，这是他留给我的全部东西了。”

“它们的确很有趣，”诺亚又提起了一丝兴趣，“可是您不想把它们跟楼下那些木偶放在一起吗？”

“不行，我不能那么做，”老人说，“我爸爸也不会同意的。每个木偶都有一个故事，非常特别的故事，所以必须把这些木偶放在一起。”

“嗯，我喜欢听故事。”诺亚微笑着随手拿起一个木偶，那是一个胖胖的女人，长着高高的颧骨，脸上的表情很愤怒。“这个有什么故事？”

“那是施奥德女士，”老人笑了，说道，“她是我的第一位老师。”

“您竟然保存着老师的木偶？”诺亚挑了挑眉毛，惊讶地问道，“您肯定很喜欢上学。”

“或多或少吧，”老人答道，“尽管不是我自己愿意去的。那是爸爸的主意，不过这是另一个故事了。你一定对我是怎么到这里来的不感兴趣。”

“可是我想知道。”诺亚马上说道。

“真的吗？”老人的脸上出现了高兴的神采，“那好吧，我简短地说说。问题是，从哪儿说起呢？得从森林说起。”老人想了想，轻快地点了点头，好像有了一个非常好的想法。“对，”他说，“就从森林开始说起吧！”

施奥德女士的木偶

Mrs. Shields' Puppet

（老 人 的 回 忆）

是我的爸爸决定把家从森林边上舒适的小屋搬到森林里的。因为这里的树比较古老，是雕刻玩具和木偶的上好材料，而且他也想有一个新的开始。就在那年，我们的生活发生了很大改变。我们听说有这么一个村庄，就在比第二个村子稍远一些的地方——我们认为那儿听起来像是一个开始新生活的绝妙之处。

那时候我刚刚八岁，在那之前从来都不守规矩。我非常调皮。当然那个年纪的男孩儿都差不多。我闯了不少祸。我似乎总会碰到一些不同寻常的人，试图把我带入危险的境地。我属于那种小孩儿，就是出去拿瓶牛奶，最后却会出现在凶残的绑匪举办的宴会上，或者跑去给一个要害我的人当杂役。

每次侥幸脱险之后，我都会向爸爸保证自己绝不会再卷入这些危险中，但是每次承诺之后，我又会重蹈覆辙。我并不觉得自豪，但是不得不承认我就是这么一个人。

不过八岁时，我决定做一个好孩子，而且决定纪念一下这个人生的转折点。爸爸认为搬到一个没人认识我们的地方开始新的生活是个不错的想法。

“发生了那么多事，”爸爸告诉我他这个打算的时候说，“我认为我们都需要改变，我们可以重新开始。”

就在一个早晨，太阳升起之前，狗狗们还在熟睡，田野上晨雾迷蒙，我们开始了穿越森林的征程。一路上，我们没有停下来和任何人交谈，直到到达这个村庄。

爸爸问我这里有没有家的感觉，我想都没想就说：“有，我觉得非常有家的感觉。”

我们遇到的第一个伙伴是一头年轻的驴子。它正在街边吃草，看到我们来了，它吞下最后几口草，慢慢地走过来打了个招呼。

“你们是想搬到这里来住吗？”驴子问我们，它似乎很高兴看到有个同龄的男孩儿搬来附近住，这样就可以一起到附近的田野闲逛了，“这个地方很不错。嗯昂！从我出生起，我就和家人住在这里了。我有很多伙伴，但是如果你想兜兜风的话，选我最合适了，因为我跑得最快，也不会把你摔下来，而且我还很健谈。嗯昂！我想你们没有熏肉，是吧？”

还没等我回答，爸爸就说道：“多谢你的建议。”同时，他把我拽到一边，用拐杖轻轻敲了敲地面，用力闻了闻周围的空气，跪在地上扒了扒地上的青草和路边的篱笆，然后他又向来往路过的各种动物简单地询问了一些重要的问题。这让那头驴子很是恼火，我看得出来，他不想我们改变主意。

“你爸爸是想在作出决定之前确保万无一失，是不是？”驴子说着，溜达过来，好奇地嗅了嗅我的口袋，好像在找什么东西。

“是啊，”我告诉它，“爸爸希望我们能永远在这儿住下去。”

“嗯，我真希望他能选择这个村庄，”驴子说，“如果你们住下，你就可以经常来看我了，是吧？我是最棒的——刚才我有没有说过？要是你来的话，带点儿吃的来，空着肚子可跑不动。”

这个村庄似乎对我们来说是个不错的选择，因为爸爸回到我和驴子站的地方，高兴地点了点头，伸出胳膊揽住我。“就是这里了，我的孩子，”他说，“这地方很适合我们。我敢肯定，我们在这里一定会生活得很开心。”

“嗯昂！”驴子高兴地叫道，“嗯昂！太好啦！”

于是，爸爸开始马不停蹄地建造我们的新家，用双手一块砖一块砖地垒起了房子。然而这个方法却不明智，因为尽管他很擅长用凿子雕刻木头，修建房子却并不怎么在行。竣工后的房子看起来有些与众不同，墙壁与墙壁之间都不是直角，而且四面都有凸出去的窗户。

“没关系的。”当我们完成玩具店的房顶时，我说道，因为我不想让他感到失望，“只要它能立住不倒塌，别的都不重要。”

“我也这么认为，”他说，“现在咱们该考虑一下你上学的事了。”

“不是非要考虑这个吧？”我问道。

“当然得考虑啦！”他答道，“你已经错过了很多课程，再不去学校你就会远远落在同龄人后面，你也不想这样，是不是？”

“我无所谓。”我耸了耸肩说道。

爸爸皱着眉头看着我，无奈地摇了摇头。“我还以为你从今以后要做个好孩子呢！”他说道，声音中透着失望。

“我是要做个好孩子，爸爸。”我说道，之前的承诺都涌入脑海，“对不起，如果你希望我去学校，我就去。”

于是，在我改变主意之前，爸爸就去拜访了本地的老师施奥德女士，为我在她的班级报了名。

“我们班一直都很欢迎新同学加入的。”施奥德女士说道，她咧着嘴冲我们笑道，两颊飞起一丝红晕，因为我爸爸长得很帅，而施奥德先生在那之前一年的九月份便跟着杂技团出去表演了，“班上还有一些空座位。您儿子能来，我们很高兴。只是，您太太怎么不跟您一起来谈论孩子入学的事呢？”施奥德女士一边问道，一边向前探了探身子，手指缠住发丝打着卷儿，“我喜欢跟全家人一起讨论一下这么重要的问题。”

“我没有妻子。”我爸爸回答之前犹豫了一下，毕竟这件事很难解释，他也不希望给我造成不必要的困扰。

“嗯，没关系。”施奥德女士答道，“我们这里什么孩子都有。有一个小姑娘在丛林里长到五岁，只会说一种混合着英语和猴子语的语言，她名叫达芙妮。我想她跟您的孩子肯定会相处得很好。”

“看看再说吧！”我并不相信她的话。

“还有一个小男孩儿以前一直以大象的方式生活，直到圣诞节才算摆脱那种生活方式，”施奥德女士接着说，“我想，肯定跟圣诞节愿望有关。不过老实说，他好像仍然处在适应期，看起来还是有些困扰，因为他总是试图用鼻子去吃饭，这样实在太脏了。”

“真够恶心的。”我说。

施奥德女士盯着我，脸上的表情中又少了几分热情。“这孩子真活泼。”她说。

第二天早晨，我一进教室，大家都马上转过头看着我——包括每个男孩儿、每个女孩儿，还有每张桌子、每把椅子。甚至近视眼的黑板也从钩子上跳下来，跑过来用力嗅了嗅，又跑回到墙上，一边摇着身上的粉笔末一边嘟囔着："不，他做不到，绝对做不到。"

"这个位子有人坐了！"一个名叫托比·拉里的讨厌家伙说，他看见我走过去就把自己的书挪到旁边的空座上。他认为自己是班上最好的学生，总是坐在老师旁边的位子上，以便讨好她。

"实在抱歉！"一个相貌平平的女孩儿说道。她叫马乔丽·威廉姆，梳着马尾辫，上面还扎着一个粉色的蝴蝶结，她的话引来周围女孩儿的一阵哄笑。马乔丽·威廉姆继续说道："恐怕这个座位也有人了。还有，请别跟我说话，因为我不喜欢跟陌生人闲聊。"

我沿着通道走过一个又一个男孩儿和女孩儿，都遭到了拒绝，我感到越来越沮丧。终于，我走到了最后一排，然后满怀希望地看着最后一个空座位。

"你想坐就坐吧！"旁边的男孩儿说道。他叫贾斯珀·班奈特，一块块红肿和瘀伤愤怒地横在他的脸上。他清理了一下书桌，又拉过一把椅子。我激动地坐了下来，冲我的新同桌投去感激的一笑。贾斯珀看了我一会儿，冲我眨了眨眼，马上接受了我，大颗的眼泪在他眼眶里打转。他沉默了好半天才说道：“其他人也都讨厌我。”

“贾斯珀！”施奥德女士尖声叫道，她用黑板擦敲着桌子，朝他扔过来一截儿粉笔，打在男孩儿的耳朵上。粉笔从耳朵上弹下来，掉到了地上，然后自己爬起来，慢慢地走向教室前面的桌子。施奥德女士继续说道：“难道我没跟你说过吗，不许在课堂上交头接耳！嗯？我说过没有？”

“是的，老师——”贾斯珀刚一张嘴，就被施奥德女士打断了。

“贾斯珀！”她咆哮道，“不许说话！”

我很长时间都没能和班上的其他孩子建立起友谊，主要是因为之前我对于他们而言完全陌生，而他们却彼此很熟悉。

一天下午，托比·拉里走到我身旁，一屁股坐在我的课桌上，随手拿起我爸爸给我做的木制铅笔盒，对我说：“我们这儿不怎么喜欢新来的，你难道就不能去别的地方上学吗？全班同学都反对你来。”

“可是我没有其他地方可去，”我耸了耸肩，“村子里就只有这一所学校，难不成你想让我去上驴子的学校？”

“嗯，也未尝不可啊！”托比·拉里说道。

“我都跟我爸爸保证过了，从今以后每天都到这里来上学。”我坚持说。

“你竟敢顶嘴！”托比叫道，转身看向他的同伙们，他们也马上附和说这简直是奇耻大辱。他们一等到午休时间就跳过来压住我，把我的胳膊扳到背后，揪住我的头发。等我从人堆里逃出来的时候，已经是遍体鳞伤，回家的路上引来了路人怜悯的目光。贾斯珀·班奈特自从有了我这个新出气筒之后，他不但免遭欺辱，竟然也扑上来欺负我。这也充分证明了一点，那就是，无论是在这个世界，还是在另一个世界，谁都不可靠。

“要是你自己本本分分的，人家怎么会来招惹你？”我挨打的那天晚上，爸爸一边在我的伤口上敷膏药，涂抹防止感染的消毒水，一边说道，“你现在必须小心些，得想办法

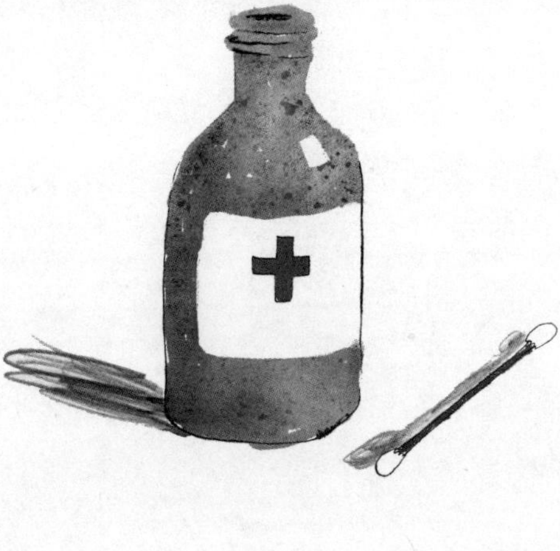

和男孩子们做朋友，别跟他们打架。”

第二天爸爸就去找施奥德老师谈了这件事。施奥德老师说她会尽力保证不会有人打我，但是男孩子们就是这样，她能做的也很少。她还说，如果我想在学校有好日子过，就必须自己站起来，因为到最后，能帮我的只有我自己。

说实话，诺亚·巴里沃特，这个建议没起什么作用。

诺亚和老人

Noah and the Old Man

“那您爸爸为什么要雕刻一个施奥德老师的木偶呢？”诺亚拿着木偶，拉了拉线绳，一截儿粉笔从木偶手里远远地飞出，转了一圈又回到她瘦骨嶙峋的手指间。

“我想，这是一件礼物，”老人说，“他可能认为只要对施奥德老师好些，她就会帮我。不过我想施奥德老师肯定是想多了，造成了一系列浪漫的误会……那些事，下次再说吧。无论如何，她没帮我多少忙，这是问题的关键所在。不过最后的事实证明，她是对的，我还真得靠自己。你可能也需要这么做。”

“我？”诺亚惊讶地抬起头看着他，“为什么这么说？”

“嗯，难道你不是因为受到委屈才从家里跑出来的吗？这似乎是最合理的解释了。”

“不是，”诺亚摇了摇头说，“不是的。听到您在学校里没有朋友我很遗憾，不过我有很多朋友。我们班有个叫格里戈雷·菲斯的男孩儿经常挨打，因为他总是颠倒黑白。”

“那样可不好，是不是？”老人问道，“你没有欺负他吧？”

诺亚耸了耸肩，眼光移向别处。“有时候也会，不过我也不是存心的。”他说着，脸有点儿红。

老人摇了摇头，掸掉身上的木屑，把木偶举到灯下仔细检查着。“那么，你会想念你的那些朋友吗？”

“我不想他们。”诺亚说着，想起了他们一起玩游戏，一起去探险，又说道，“好吧，我会想起他们，毕竟他们是我的好朋友。”

“但是你还是从他们身边跑了？”

“谁说我是跑出来的？”诺亚问。

“你就是跑出来的！”系着红领结的木头熊咆哮道。它刚刚坐下来，说话时用一根手指头指着诺亚，手指在空中戏剧性地捅了几下，然后又垂了下来，好像什么事情都没发生过。诺亚目瞪口呆地盯着它，又转过头惊讶地看着老人。

“怎么啦？”老人不解地问道。

“这只熊，”诺亚说，“它冲我大喊大叫。”

“是啊，它有时候是很凶，”老人说着，摇了摇头，“我警告过它不要冲陌生人喊叫，但是它就是这么个脾气，我也无能为力。你可能还会要求松鼠不要在早晨唱歌。不管怎么说，你的确是从家里跑出来的，不是吗？”

“是的。”诺亚承认了。

“能告诉我为什么吗？”

诺亚摇了摇头，又把手伸向那个箱子，这次从里面拿出一个身穿运动服的男木偶。他拉了拉木偶的线绳，木偶就把左手的哨子放到嘴边，吹出急促的、尖锐的“哔哔”声，尽管根本没有空气吹进哨子里。

“太不可思议了！”诺亚说道。

“那是维克先生，”老人笑道，“要是没有他，之后我经历的事情就不会发生了。不瞒你说，就是他让我提起了兴趣。”

“提起什么兴趣？”诺亚问道。

“跑步啊，”老人说道，“你不知道，我年轻时是个很棒的运动员。看我现在上上下下爬楼梯的样子你可能会不信，但是我当时在世界上都很有名。是维克先生发现了我在跑步方面的潜能。”

赛跑

The Race

（老人的回忆）

几个星期后，我产生了辍学的念头。我没有朋友可以倾诉，而托比·拉里让我的日子一天比一天难过。有一天他把我的椅子腿都锯断了，所以我一坐上去就跌倒在地上，受了伤。还有一次他把一桶油漆放在门上，我一走进去，油漆全部扣到我的身上，害得我不得不在那一周洗了两次澡。他还偷我的作业、吃我的苹果、把我两只靴子的带子系在一起，还故意念错我的名字。他说我来自外太空，脑子里都是糨糊。他还从我的裤子后面放进去一只青蛙，从前面放进去一只雪貂，他以为能捉弄到我，其实这很有趣。提起他对我做过的龌龊事，真是说也说不完。还有一次，他一整个下午都在我身边走来走去，身上穿的套头衫上面有一支箭，箭头指向我，下面还有一行字：我和傻瓜。他在每个星期三的早晨跟我说日语，他说得很流利，我渐渐地也能听懂只言片语。他在我的米粥里撒盐，往我的三明治里放糖。他说服班里的每个同学都在同一天戴上帽子，而我这个没戴帽子的人便显得格格不入。他给我送来一束花，署名“爱丽丝”，还在名字旁边画上了一个大大的吻。这些事实在是相当、相当、相当糟糕！我开始惧怕上学。我想，情况还能更糟糕吗？

然而更糟糕的事情还是发生了。

那是一个星期二的早晨，施奥德老师一边在教室里巡视，一边跟我们讨论将来可能会从事什么职业，这对当时的我们——一群只有八岁的孩子——来说有些为时过早。不过施奥德老师说，即使在人生的早期，我们也应该早做打算。她不仅想知道我们将来打算干什么，还想了解一下我们父母的职业。

“我爸爸是一位国际影星。”马乔丽·威廉姆说，“我妈妈是宇航员。我想成为一名直升机飞行员。”

“很好，马乔丽。”施奥德老师赞许地点了点头，接着说，“贾斯珀·班奈特，你的父母是做什么的？”

“我爸爸是专治鼻炎的大夫，我妈妈是马语者，而我将来想当神父。”

“你只要用心，所有的目标都会实现的！”施奥德女士高兴地断言道，“马修·拜伦，你呢？”

“我爸爸是军队的头领，”马修说，“我妈妈帮助人们，使他们免交所得税。我打算做职业足球运动员，过了三十四岁半再转行做桂冠诗人。”

“真有志气！”施奥德老师笑着说道，“托比·拉里，我认为你父母肯定是很棒的模范人物。”

“是啊，”托比·拉里承认道，“您知道那些一圈一圈转的滑梯吗，从另一头出来能下到游泳池那种？”

“我知道。”施奥德老师说道。

“嗯，那是我爸爸发明的。”

“很有趣！”施奥德老师说，“那你妈妈呢？”

“我妈妈发明了游泳池，当初他们就是这么认识的。”

“是吗？那你呢？你长大以后想干什么？”

“运动员，”托比·拉里说，“毕竟在学校，我跑得最快了。”他得意地大笑起来，获得了其他同学的热烈掌声。

“你确实是最快的！”施奥德老师认真地环顾四周，说道，“现在，每个人都说过了吗？没有人遗漏吧？”

除了我以外，班上的所有男孩儿和女孩儿都点了点头。我马上就后悔自己没有那么做，因为施奥德老师注意到了，并朝我的方向指了指。

“真抱歉，”她说，“你父母是做什么的？”

我站起来，紧张地咽下一口唾液。“我爸爸是做玩具的，”我说，“主要是做木偶，也做一些其他的东西。他的手艺很好。”

“很有趣，”施奥德老师说道，“人人都需要玩具，嗯，当然，是在二十几岁之前。还有你妈妈，你妈妈是做什么的？”听到她问这个问题，我觉得有些惊讶，不觉低头发了一会儿呆。她说道：“抱歉，我忘记了。你没有妈妈，对吗？”

“是的，我没有，老师。”我说道，轻轻地摇了摇头。

“她去世了吗？”

“没有，老师。”我说。

“她离家出走了？”

“没有，老师。”我说。

听了我的回答，她看起来非常惊讶，皱起了眉头接着问道：“那她在哪儿？她总不会是人间蒸发了吧？”

“我从来都没有妈妈。”我说。

“没有妈妈？”托比·拉里大叫一声，扭过头来饶有兴致地盯着我，“我长这么大从来没听过这么可笑的事。”

“那你肯定是没听过自己唱歌。”我答道。这次我竟然有勇气站起来直面他，这让我自己都感到震惊。而他已经说不出话来，只是瞪着我，自己生着闷气。

我知道几个小时后我就得为此付出代价。在操场上，托比·拉里径直向我走来，朝我的后脑勺用力扇了一下。

“一个人怎么可能没有妈妈？”他问道，“你总不会是用木头或者其他什么东西雕刻出来的吧？！”

“这再正常不过了呀！我从来就没有妈妈，就像你从来都没有脑子一样。每个人都有与众不同的地方。”

我又爆发了一次！也许是几个月来一直所受的欺辱让我实在忍无可忍。托比·拉里瞪着我，先是吃惊地笑了笑，然后用脚刨着地面，就像一头准备出击的公牛。之后他一下子将我扑倒在地，我们两个马上挥拳缠斗在一起，互相揪扯着对方的头发，满地翻滚。所有人都跑来围观，并为我们加油助威，看到这场难得一见的恶斗，大家都情绪激昂。

我不停地四面出击，到我们俩终于被分开的时候——是被维克先生拉开的，他是我们的体育老师——我很高兴地看到托比·拉里被我打得鼻子流血，尽管我耳朵上的抓伤和黑眼圈也在隐隐作痛。

“你们为什么打架？”维克先生问道，“男孩子们竟然在我的操场上大打出手？我绝不能容忍！你们到底为什么打架？”

我再也不能忍受了，歇斯底里地高声叫道：“他自以为比我强！其实他根本就不如我！”

“我本来就比你强！”托比·拉里说。

“不是！”我反驳道。

“就是！”托比·拉里又说。

“就不是！”

“就是！”

“就不是！”

“好啦，好啦！”维克先生让我们安静下来，“够了，你们俩！”他冲我说，“托比·拉里是我们学校有史以来最聪明的学生之一。上届运动会他总共拿了四块金牌，在我所认识的人里面，他跑得最快了。要是他说自己在跑步方面比你强，那你得承认这一点。至于你……”他又转向托比·拉里说道，“你应该谦虚点儿。”

“您说得没错，”托比·拉里说着，伸手握了握我的手，“我应该收起我的优越感，不应该看不起别人。”

“我可以跑赢你。”我耸了耸肩，毫不犹豫地说道。

喧闹的操场突然安静下来，没有一丝声音。终于，维克先生的肚子发出“隆隆”的响声，我们才从沉默中缓过神来。

“自取其辱，”托比·拉里用惋惜的目光看着我，摇了摇头说道，“真是大言不惭。”

“我说的是真的！”我说。

“不是！”托比·拉里说。

“就是！”我回答说。

“够了！”维克先生大叫一声，“如果你觉得自己能跑得过自伟大的德米特里·卡普尔迪以来本校最棒的运动员，那只有一个方法可以证明——比比就知道了。”

周围爆发出一阵欢呼声，并以惊人的速度让出两条跑道来。女孩儿站在一边，男孩儿站在另一边，他们互相盯着对方，脸上的表情还是像往常一样，既忧心忡忡又兴致勃勃。在两队人中间的跑道一端，站着托比·拉里和我，维克老师站在我们中间。施奥德老师也跑过来，手里拿着一双跑鞋。

“这是托比的跑鞋，”她喘着粗气说道，“他跑步的时候可不能少了这双幸运跑鞋。”

“你有跑鞋吗？”维克老师看了看我脚上土里土气的靴子，问道。

“没有，先生，”我说，“不过没关系。他爱穿就穿吧，我一样能赢他。”

“好，那我穿了。”托比·拉里说着，蹬上了跑鞋。

我们单腿跪下，摆出起跑的姿势。

“看前面，小伙子们，”维克老师说，“看见远处那棵苹果树了吗？距离这里半英里（1 英里约等于 1.609 千米）远。最先跑到苹果树那边摘一个苹果回来给我的人算赢。准备好了吗？”

“准备好了，先生！”我们俩喊道。我很想知道自己到

底能跑多快，因为我长那么大从来没赛跑过，更别说跟托比·拉里这种跑得特别快的人比赛了。

“好了吗？”

“好了，先生！”我们俩异口同声地说。我紧张地咽下一口唾液，抬头看着那棵树，暗自下定决心：无论发生什么事，我都要拼尽全力，千万不能落后太远。

“跑！”

我飞一般地冲出去，目视前方，完全不去注意我的对手可能跑在我前面多远。我一跑到苹果树前就抓住一个苹果，然后转身又飞跑回去，将苹果丢进维克老师伸出的手里，这时我突然意识到两旁的观众不知从何时起竟然变得如此安静。我转过身，发现托比·拉里就在离我几米远的地方。他停下来了，回过头惊诧地望着我。他才刚跑离起点，我却已经摘了苹果并且又跑了回来！

“我的天哪！”维克老师难以置信地摇了摇头，说道，“真是个大大的惊喜。”

“这么说您赢了比赛？”诺亚问道，“您打败他了？”

“我赢了。”老人微笑着说，“相信我，我当时也跟其他人一样惊讶。事实证明我是一个天生的运动健将，是这个村子有史以来跑得最快的人。托比·拉里也意识到了这一点，过来向我表示祝贺。”

“我想你们俩后来肯定成了要好的朋友。”诺亚说道。

“不，”老人摇了摇头，说道，“没有，我们都不能忍受彼此。他不再欺负我，这倒是真的，不过我们俩再也没有说过话。恐怕关于他的故事就到此结束了，不过我自己的故事才刚刚开始，世界将要变成我的天下了。”

“这就是您爸爸雕刻这个木偶的原因？”诺亚举起维克老师的木偶，问道，“因为他让你从此不再受欺负？”

“可以这么说吧，”老人说道，“但是我爸爸并不是特别喜欢维克老师，因为他总是说，如果不是维克老师，我后来的那些年就能一直待在家里，就不会扔下他自己跑掉了。你知道吗？我走之后他特别想念我。当初我们搬到森林里就是为了让我远离麻烦，但是看起来我似乎又找到了制造麻烦的新方法。我爸爸做了这个木偶，就可以一直瞪着他，对我感到生气的时候就把木偶拿出来用力地摇晃。”

“真不可思议。”诺亚说着，把木偶放到面前的桌子上。

“后来，维克老师很快就发现我的双腿出奇地强壮。他给我报名参加了各种运动，足球、橄榄球、网球、长曲棍球、羽毛球、爱尔兰曲棍球、跳伞、漂流、自行车、赛车、花样游泳、篮球、长跑、攀岩、划船、帆船，还有射箭、棒球和拳击。很快，我就成了村子里公认的有史以来最伟大的运动员。马球老师甚至邀请我参加马球课，不过我摇了摇头对他说：‘不了，我对马球不感兴趣。’”

“我还从没听说过一个人能参加这么多运动呢！”诺亚说道。

“是啊，不过我最喜欢跑步，”老人说道，“每天我都会从学校大门口出发，沿着大路一直跑到森林里再跑出来，然后沿着街道穿过村子，从我的驴子朋友身边经过，再跑回到学校操场。维克老师帮我计时，他对我说，他认识的所有男孩儿中，我是最有潜力的。”

“‘我有个诀窍告诉你，’维克老师弯腰凑过来，一只手拍了拍我的肩膀，说道，‘如果你想缩短跑步用的时间，那就要跑得更快。’”

“听起来的确是个好的建议。”诺亚沉思着说道。

“是啊，于是我跑得更快了。运动会那天，我赢了参加的所有比赛项目。运动会结束时，我被其他男孩子扛在肩上，他们准备举着我沿街进行胜利大游行。不过想到他们可能会再次把我打倒在地，我用最快的速度逃掉了——我跑得太快了，根本没听到大家的祝贺。几个月后，村子里举行一年一度的长距离跑步比赛，即所谓的‘长跑’，我仅用了之前这项比赛冠军百分之八十五的时间，赢得了比赛。我甚至比伟大的传奇运动员德米特里·卡普尔迪跑得还快，他的雕像还矗立在村子中央。我夺冠的消息很快传了出去，县委员会前来征召。一年的时间还不到，我就被冠以‘方圆八十五公里以内跑得最快的人’的名号，不久我又被称为‘全县跑得最快的选手’。那时候，我决定陪在爸爸身边做一个好孩子的所有决心都开始土崩瓦解，我做了自己曾经保证过绝不会做的事情。”

“我真希望自己有那样的才能，”诺亚说道，“我跑得不算快，不过我棋下得还不错。”

“嗯，”老人想了想，说道，“那算不上是一项运动吧？”

“那是一种脑力运动。”诺亚坐得笔直，微笑着说道。

“是啊，”老人表示同意，接着说道，“不过我想现在没人跟你下棋了，因为你已经从家里跑出来了。”

“是啊！”诺亚又低头看了看桌子，盯着桌子中央的一节木头，用拇指的指甲挠着它。

“我想问题在于你的父母吧？”老人说着站起身，将桌上的残羹冷炙清理走，“只有这个原因了，你跑出来肯定是要躲避他们。那么，你觉得这个怎么样？”他举起一个猩猩木偶问道，这就是他刚刚花了一个多小时雕刻出来的作品。

“非常好！”诺亚说着，从他手里接过木偶，认真地端详着，“真是栩栩如生，您把木头削得能看出来猩猩的毛发。”

“是呢，我也这么觉得，”他看着木偶答道，听起来有一些失望，“我起初根本没想雕只猩猩，不过没关系。”

“真的吗？”诺亚又问道，“那您打算雕刻什么？”

老人摇了摇头，朝屋子角落的一个篮子走去。他从满满一篮子的木头块里拣出一块木头，仔细检查了一下，点了点头，又坐下，捡起凿子。“没关系，”他轻轻地说道，没有回答诺亚的问题，“我会再试试。这些天我一定能做出一个正确的东西。我想你是不是再来一些饭后甜点？”

“那给您添麻烦了，”诺亚说道，他仍然觉得很饿，“顺便说一下，我可不是从家里逃出来的，只不过……嗯，他们在那里，我在这里，就这样。”

“但是如果你不想跟他们在一起，那他们肯定是坏人。”老人打了个响指，冰箱马上愉快地出现在他们面前，好像在炫耀自己一肚子的甜食。老人拉开冰箱门，向里面看了看，继续说道：“恐怕没有太多吃的给你了，只有几块点心、一些果冻和冰激凌、一个巧克力蛋糕，还有香蕉奶油派和一些樱桃馅儿饼。够了吗？”

“足够了。”诺亚说道。想到老人认为他的父母是坏人，他就很不高兴。他们一点儿都不坏，他们是很善良的人。

“那既然他们那么好，你为什么要离开他们呢？”老人问道。

诺亚吓了一跳，因为他敢肯定自己只是在脑子里想了想，根本就没说出来。“只不过这样更好，仅此而已。”他说。

“你爸爸把你锁在柴房里了？”

“没有啊！”诺亚很吃惊。

“那你妈妈让你在狗窝里跟狗一起吃饭？”

“当然没有啦，”诺亚说，“她从没做过那样的事，而且我们家也没养狗。要说有什么，那也是我们经常一起外出游玩，就我们两个人。最近几个月我们经常出去。”

“是吗？”老人问道，“听起来挺有趣的。”

“是啊，有一次是去可以玩弹球的咖啡馆……”诺亚给老人讲了自己是如何赢了四百五十万分，并且登上了排行榜榜首，“还有一次我被一个保安冤枉，他说我偷了一副魔术扑克牌，是她把我从保安手里救出来的。而且就在几个星期前，她还堆建了属于我们两个人的私人海滩。”

“私人海滩？”老人惊讶地抬起眉毛，他问道，“在森林边上？听起来不可能啊！”

“我妈妈要是下定决心去做一件事的话，肯定会让你大吃一惊！”诺亚脸上挂着一丝微笑，“她总能制造惊喜。”

出乎意料的出游

An Unexpected Day Out

诺亚的妈妈以前不是那种会制造惊喜的人，但是自从几个月前去琼阿姨家春游的计划被取消后，她就完全变了。从诺亚记事起，他们每年复活节都会去琼阿姨家。诺亚每次也都对这趟旅行充满期待，不仅仅是因为琼阿姨家住在海边，他可以在水里扑腾好几个小时，在沙滩上用沙子堆城堡。还有一个原因——表兄马克是他最好的朋友，尽管他们一年才见几次面，因为琼阿姨住的海岸距离巴里沃特一家住的森林很远。

大家都说马克和诺亚是完全相反的性格。马克比同龄的孩子高很多，他的父母说他们要在他头上放块砖，不让他长高了，因为才几个月的时间，他的衣服就穿不下了。马克还长着一头金发和一对湛蓝的眼睛，而诺亚长着黑色的头发和绿色的眼睛。马克算得上是足球和橄榄球明星，这两项运动诺亚也很喜欢，只是不怎么擅长。他们经常在学校玩球，周一、周三、周五踢足球，周二和周四玩橄榄球。别人都已经接到足球，并且传给旁边的队友了，或者抓住橄榄球，掷入球门，大喊“好球”，然后绕着球场奔跑，撩起 T 恤蒙住整个头，最后跌倒在地了，诺亚却还处在迷惑混乱之中。要不是班里的其他男孩儿都挺喜欢诺亚，他很有可能早就被踢出球队了。

“计划稍微有些变动，”一天吃晚饭时诺亚的妈妈说道，“我指的是去琼阿姨家的计划。”

“我们还是会去的吧？”诺亚立刻抬起头问道。刚才他一直埋头用叉子来回拨弄着盘子里的鱼肉馅儿饼，想从面前一堆黏糊糊的东西里找出些可以吃的东西（妈妈什么都好，但不是一个好厨师）。

“是啊，是啊，我们当然会去。”妈妈一边说着，一边满桌子找盐和胡椒粉来调味，根本不看他的眼睛，“嗯，我说我们会去，我的意思是我们早晚会去。我指的是，将来的某一天，而不是之前计划好的下个星期。”

“为什么下个星期不去呢？”诺亚睁大眼睛，惊讶地问道。

“改个时间去，”诺亚的爸爸马上说道，“如果一切顺利，我们可以夏天再去。”

“可是都已经安排好了啊！”诺亚沮丧地望望这个，又看看那个，“我上星期就给马克写信了，我们俩约好第一天下午就去抓螃蟹，还有……”

“上次你跟马克去抓螃蟹，抓了整整一桶。有只螃蟹爬出来跑到你胳膊上，吓得你把一桶螃蟹都弄在琼阿姨家厨房的石头地板上，它们全都跑掉了，”诺亚的妈妈说道，“就剩下一只不幸被地板碰碎外壳的螃蟹。如果有什么区别的话，我想螃蟹家族听说你这个复活节去不了一定会非常高兴。”

“那倒是，不过那时候我才七岁啊。”诺亚解释说，“每个人在七岁的时候都不懂得怎么做事。我现在已经八岁了，我会对螃蟹们友好一点儿的。”

“你的意思是，你会把还喘着气儿的它们毫发无伤地扔进开水锅里吗？”诺亚的爸爸问道。他向来自诩为极富同情心的自由主义者，并引以为豪。

“我会的，”诺亚说，“那么我们能去了？”

“不行。”诺亚的妈妈回答说。

“为什么不行？”

“因为不能去。”

“那为什么不能去？”

“我说不行就不行。”

“那你为什么说‘不行’？”

“因为现在不能去。”

“那为什么现在不能去？”

“不能去就是不能去。”

“你这根本不叫理由！”

“好了，你问我也就这一个答案了，诺亚·巴里沃特。”妈妈厉声说道。诺亚知道，这个问题到此为止了，因为每次妈妈叫他的全名，就表示她已下定决心，毫无回旋的余地了。“快吃你的鱼肉馅儿饼吧，再不吃该凉了。”

“我讨厌鱼肉馅儿饼。”诺亚满腹牢骚地嘟囔着。其实如果烹饪方法得当的话，他还是挺喜欢吃的。

“不是的，你不讨厌它，”妈妈说道，“我们出去吃饭时你经常点鱼肉馅儿饼。”

“我不讨厌‘真正的’鱼肉馅儿饼。”诺亚说着，拨弄了一下盘子里浅红色的汤汁，里面漂着的鱼肉丝看起来半生不熟，似乎一个高明的兽医就能让这些鱼肉起死回生，“只是这个，母亲……这个……我的意思是，真的。”

妈妈叹了口气。她明白，诺亚只有在对某件事情绝对肯定的情况下才会称呼她“母亲”，这时的诺亚谁也劝说不了。“这个怎么了？”她问道。

“吃起来令人作呕。”诺亚耸了耸肩说道。

“诺亚！”爸爸停下手中拨弄食物的叉子，瞪着诺亚，厉声说道，“你怎么能说出这样的话来！”

“不，他说得对，”诺亚的妈妈说着推开面前的盘子，“我也不太会煮咖啡，是不是？”

“你做的西红柿汤很好喝。”诺亚说道，试图做些补偿。

“那倒是真的，”她说，“这个我比谁做得都好吃，可是我做的鱼肉馅儿饼却不合格。”

“老实说，”诺亚的爸爸说道，“它看起来确实像是狗都不会吃的东西，如果我们养狗的话。”

“那咱们出去吃晚饭吧，”诺亚的妈妈一边说着，一边站起身把盘子收拾起来，“那你们就可以想吃什么点什么了。”

诺亚笑了，暂时忘记了不能去度假带来的不快。他从椅子上跳下来，却见妈妈手中端的三个盘子“哗啦”一声掉在了地板上，里面的土豆、虾、鳕鱼、豌豆，还有各种黏稠的馅料撒了一地。诺亚一下跳了起来，还以为妈妈又会说自己真是毛手毛脚，总是掉东西，可是这次她却倚着餐柜，一手按着腰，轻轻地呻吟着。她的声音既奇怪又让人觉得不安，是一种令人心碎的呜咽，诺亚以前从来没听过她发出这种声音。爸爸立刻从座位上弹起来向她跑过去，诺亚也想走上前去，但是他必须向前迈一大步才能跨过面前撒了一地的鱼肉馅儿饼。他不知道自己跨过去后能不能站稳，是不是还得向后退一步。

“上楼回自己的房间去，诺亚。”爸爸制止了他。

“妈妈怎么了？”诺亚紧张地问道。

“回房间去！”爸爸又重复了一遍，这次提高了声音。他的语气非常严厉，诺亚马上照做了，试着不去想楼下发生的事情。

就这样，这件事暂时告一段落。

不过两周之后的一天——如果不是计划已经取消的话，他们那天本该出发去琼阿姨家的——诺亚正站在卧室的镜子前测量自己的肌肉，妈妈走了进来。她因病卧床休息了几天，现在看起来气色好多了，而且前几天一直不在家，在忙她所谓的“秘密行动”，她告诉诺亚他很快就会知晓了。“你在这里啊！”她笑眯眯地说道，“想出去走走吗？”

“想！”诺亚放下测量肌肉的带尺，在笔记本上写下测量结果，“这次咱们去哪儿？还去有弹球机的咖啡馆吗？”

“不是，我有一个更好的计划，”妈妈说道，“既然我们去不了海边，我想我们应该把海滩带到我们身边。你觉得怎么样？”

诺亚叹了口气，摇了摇头。“我们可是住在森林边上，妈妈，”他说，“我觉得在这附近找不到海滩。”

“如果你觉得这样的小事会难住我的话，那你还是不了解我。”妈妈向他吐了吐舌头，做了个鬼脸，接着说道，“你应该知道，我是世界上最不可思议的妈妈，不是吗？”诺亚点了点头没说话，妈妈就像电视节目上的魔术师在变魔术之前那样飞快地拍了拍手，说道，“带上你的游泳裤和毛巾，五分钟后楼下见。”

诺亚照做了，他不知道妈妈究竟怎么了。这已经是她第二次突然带他外出了。第一次就是玩弹球那次，那是相当刺激的一次体验，如果说那次的事还算不上什么，那么这次肯定会更刺激。她以前从来没做过这样的事情，但是现在，她却一直带着他做快乐的甚至疯狂的事情。不过诺亚还是很难想象出她是怎样把海滩带到森林里的。妈妈什么都会，但不会变魔术。

他们坐在车里，车子敞篷疾驰。以前，巴里沃特夫人经常说她不喜欢这样，怕感冒，不过现在她似乎一点儿也不担心，看起来倒是欣然享受新鲜的夏风。“人只活一次。”她放下车顶时说。

“我们要去哪儿？”诺亚问道。

“我跟你说过了，”她说，“去海滩。”

“你是说了，不过必须是现实生活中的。”诺亚说。

“诺亚·巴里沃特，”妈妈转过头来看了他一眼，又转过去看前面的道路，“我希望你不是在说我会令你失望，是你跟我说你喜欢去海滩的。”

“是啊，”他说，“但是海滩在几百英里以外。我们不会开车走几百英里吧？”

“当然不会了，”他妈妈说着，摇了摇头，“不走那么远，我可没有那精力。我们再有十五分钟就到了。”

十五分钟以后，他们驶离了森林，朝附近城镇的方向疾驰而去。他们来到了一个诺亚从未来过的旅馆，把车停在停车场。“什么也别说，”妈妈注意到了儿子脸上怀疑的表情，说道，“相信我。”

他们走了进去，巴里沃特夫人朝一个前台接待员挥了挥手，那人立刻从办公桌后面走了出来，脸上挂着大大的笑容。她递给诺亚的妈妈一把钥匙。

“谢谢你，朱莉。”诺亚的妈妈朝她眨了眨眼。诺亚微皱眉头，觉得有些惊讶，因为他可以肯定妈妈所有的朋友他都认识，除了这个朱莉。他跟在妈妈身后继续向前走，回头看了一下那个接待员，她正跟一个朋友站在一起，目送他们上楼。她似乎摇了摇头，好像对什么事情感到很惋惜。然后不知道她跟同伴说了些什么，惹得对方惊讶地张大了嘴，好像刚刚被告知了一个惊天秘密。

“一直往前走，”妈妈牵着他的手，沿着走廊往里走，“从这儿穿过去。你想按电梯按钮吗？”

诺亚叹了口气，又摇了摇头。“妈妈，我都八岁了。”他小时候总是想第一个去按电梯按钮，“不过，总要有人按一下。”

“按‘B’。”妈妈说。

诺亚按了按标着“B”的按钮，电梯吱扭吱扭地降了下来。

过了一会儿，诺亚又问道：“我们要去哪儿？”

“去好地方。”妈妈答道。

电梯门再次打开，他们走进了另一道走廊。巴里沃特夫人打开一扇门，里面是空空的更衣室。“快进去，把你的游泳裤换上，”她说，“我在隔壁换衣服。去吧！五分钟后在这儿会合。”

诺亚点点头，照妈妈说的做了。五分钟后，他们俩又沿着走廊一直走，直到妈妈在一扇门前停下。她转过身，朝诺亚微笑着说：“很抱歉今年不能去海边了，不过我不想让你因为我而错失机会。”

“你说‘因为你’，是什么意思？”诺亚问道。但是妈妈并没有回答，只是用接待员给的钥匙打开门，他们一脚踏进了旅馆的游泳池。诺亚以前也去过游泳池，不过跟这次非常不同。首先，这里没有别人，这一点对于这样的旅馆来说实在很奇怪。一般来说，游泳池里总是挤满了像鲸鱼一样拍打着水面奋力游泳的中年人，或者在浅水区小心翼翼地走来走去的孩子们。但是现在这里只有两个人——诺亚和他的妈妈。

这就够不寻常的了，但是比起游泳池的样子那就是小巫见大巫了。这里有五六个小沙堆组成的沙丘，尽管看起来不是真正的海滩，但却是最像海滩的游泳池。诺亚惊讶地张大了嘴，转过头不可思议地看着妈妈。

“好啦，这的确不是真的海滩，”妈妈坦白道，“但这是属于我们自己的地方，我们可以假装是在海滩，对吧？最后一次海滩聚会，咱们俩一定要好好玩，好不好？”

“嗯，不能说‘最后一次’，”诺亚答道，“我是说，明年复活节去琼阿姨家时我们可以随时去海滩玩耍。或者今年夏天去呢？”

巴里沃特夫人张口想回答，可她似乎找不到合适的词语。她咽了一下口水，目光转向别处，然后弯下腰紧紧地抱住诺亚。她抱得太紧了。

“怎么啦？”诺亚推开妈妈，紧张地问道，“你怎么那么奇怪？”

“我？奇怪？”妈妈清了清嗓子，转过身离开他，“我不知道你在说什么。我们现在去游泳怎么样？”她说着向游泳池边上走去，“我们比赛，看谁先游到对岸。”

于是，他们跳进冰冷的水中，几乎是同时游到了对岸，但是最后达成一致——是妈妈胜了。不过之后整个下午，她也就赢了这一次。诺亚是一个游泳健将，妈妈却似乎很快就游累了。他们后来又用沙子堆城堡，再接着游泳。年轻的服务员适时送来了野餐用的三明治和汽水，他看起来对这里发生的事情毫不惊讶。

“怎么样？”妈妈一边问，一边抓了些沙粒扔到诺亚的三明治里，那样吃起来就更有海滩的味道了，“玩得开心吗？”

诺亚马上点点头，对着妈妈绽开一个大大的笑容。他想知道妈妈是不是对水里的氯化物有点儿过敏，因为她的眼睛看起来很红，就像是在游泳池里刚刚哭过一样。他打算告诉她以后该戴一副潜水镜，可是嘴里塞满了鸡蛋三明治，要是说话的话，肯定会喷她一脸。过了一会儿，他吃完后就把这件事给忘了。

“我们真该多过一些这样的日子，诺亚。”妈妈轻轻地说着，又想把诺亚揽到自己身边来，不过诺亚把她推开了，因为她的泳衣太湿了。诺亚再次跳到水中游了起来。他喜欢这些出乎意料的出游，也喜欢这个时候的妈妈，她展现出新的一面，就像换了个人一样。

诺亚和老人

Noah and the Old Man

“嗯，我这么多年也听说过一些事情，”老人说着，放下手中的凿子，“但是从来没听说过一位母亲把一个游泳池变成一个海滩。这是多么不可思议啊！”

“我早跟您说了，她总是会制造惊喜。”诺亚回答说。

“你的确说过，不过这让我更加好奇——你为什么要从她身边逃走呢？”

诺亚想了一下。“我打算出来看看这个世界，进行一次伟大的冒险。”他解释说，“我觉得我不用再去学校了。我很聪明，实际上，我是我们班第七聪明的人。”

“你们班有多少个人？”

“三十个。”诺亚自豪地答道。

“很了不起啊。”老人轻轻地说道，“不过冒险也需要知识，而且即便是最伟大的探险家，也总是会想回家的。”

“嗯……也许有一天我也会回家的，”诺亚思索了一下，说道，“等我长大了……我的意思是，等我赚够了钱。”他站起身，走到壁炉旁边，捡起一幅画，盯了一会儿，问老人，“这是您的爸爸吗？”

“那是我小时候给他画的像，”老人说，“我一直把它放在那里，这样我就不会忘记他的样子了。”

“画得像他吗？”

“不，不是很像，”老人说，“不过我觉得我抓住了他眼睛的一些神韵。当然了，其实我并不是很需要这幅画，因为我感觉他一直在这儿。”

诺亚皱了皱眉头。“在这儿？在这间玩具店里？”

“当然不是真的在这儿，”老人说，“但是这里的每一样东西都会或多或少地让我想起他。他是这个地方的一部分。每每想到这一点，我都很欣慰。”

诺亚没说什么，只是把画像放了回去。他抬起头，看见自己在镜子里的倒影。至少，他觉得那是自己。可是过了一会儿，镜子里他的脸开始变了，先是拉长了一点儿，变宽了一点儿，然后看起来好看了一些，后来又有了胡楂，好像没刮脸一样，再后来胡子又消失了。过了一会儿镜子里的他戴上了一副眼镜，看起来非常帅气，然后看起来又没那么帅了，皱纹也爬上了前额。再后来他的双眼变得湿润，脸上长着小胡子，头发越来越稀疏，直至全部掉光。最后，这张脸从镜子里对着他微笑了一会儿，又慢慢消失不见了，取而代之的是他自己八岁的脸，正惊讶地回望着自己。

“太不可思议了！”诺亚说道。

“你指的是什么？”老人从餐桌后面抬起头问道。

“这面镜子，”诺亚说，“开始里面是我，后来是长大的我，然后是一个男人，再后来是一个老人。这是一种游戏吗？”

“不，那可不是游戏。”老人一边说着，一边走过去，看到了镜子中的自己。这次镜子里的那个人却始终没有变化，一直是一个老人。“别闹了，查尔斯，”他对镜子说道，“你会把这孩子吓坏的。”

诺亚又一次盯着镜子中的自己，很好奇接下来会发生什么变化，可是什么都没有发生。镜子里只有他自己的那张脸，诺亚·巴里沃特那张普普通通的脸，没什么特别的，也没什么可害怕的，更没什么值得大惊小怪的。

“你还没告诉我你为什么要从家里跑出来呢！”老人说着，又坐了下来，“你的父母虐待你了？”

“没有！”诺亚涨红了脸，飞快地说道，“不是的，根本不是因为这个。”

“我还是不太明白，”老人说，“毕竟我当初离开我爸爸是因为我想成为一名伟大的运动员。嗯，时光飞逝啊！可是你呢？你又不是运动员。”

“嗯，我也可以跑，”诺亚感觉到有些冒犯老人，忍不住说道，“我在去年五月学校举办的运动会上得过五百米赛跑的铜牌。”

“铜牌？”老人问道，“你的意思是第三名？”

“第三名很好啊！”诺亚抢着说，“三十个人里的第三名！我没觉得第三名很丢脸。”

“当然不是啦，”老人说，“我只是不习惯听到这个名次，仅此而已。”

“好吧！”诺亚移开目光，拿不定主意是该把一切都告诉老人，还是只是在角落里安静地坐下来，把脸埋在手心里。“我的父母对我非常好，”他极力控制，不让痛苦的感觉涌遍全身，“您那么说让我很难过。”

“那我向你道歉。”老人说着坐在了身后及时出现的一个三条腿的凳子上，没有摔到地板上。他又捡起自己的凿子接着雕刻木偶。

“没关系。”诺亚抬起头笑了笑，又不觉大大地叹了口气。他们的目光交织在一起，互相盯着对方看了一会儿。还是诺亚先移开目光，又把装着木偶的箱子往自己面前拉了拉。他伸手从里面拽出一个木偶。那是个很帅气、表情有些紧张的年轻男人，头上戴着金色的皇冠。

“这是谁？”诺亚抬头问道。

“我认识的一个家伙，”老人说，“说了恐怕你不信，他是一个王子，是其他国家的。当然也是很久以前的事情了，那时我还小。”

“您爸爸也做了一个以他为原型的木偶吗？他们是好朋友吗？”

“不是的，”老人摇了摇头，说道，“爸爸从不和那样的人来往。事实上，从搬到这里的那天起，他就没离开过。”

“那么为什么他要做这个木偶呢？”诺亚又问。他拉了拉王子木偶的线绳，木偶的眼珠向上转了转，好像在望着天空。

“因为是我认识的人，”老人解释说，“他是我故事中的重要人物。在我成为‘方圆八十五公里以内跑得最快的人’之后，我的名声就传出去了。有人邀请我离开村子，去别的地方展现一下我的能力。那是我收到的第一个邀请，于是我接受了，并且向爸爸保证一定会回来。”

“那你去了吗？”

“嗯，”老人点了点头，说道，“我去了，那一次我遵守了自己的诺言。”

王子的木偶

The Prince's Puppet

（老人的回忆）

我是一个很棒的运动员的消息传遍了周围的村庄，也传到了向来看不起村庄的镇上，后来连对村庄嗤之以鼻的市里都知道了这件事。

一天下午，我放学回到玩具店，发现爸爸正坐在柜台后面给前几天刚雕好的一列木头火车的车厢窗户涂色。

“啊！”爸爸抬起头，见我跑进来，笑着说道，“你可算回来了。我一直在担心你。”

“对不起，爸爸，”我看了看手表，说，“今天跑到家用的时间比平时长，都快三分钟了。”

“嗯，学校离这儿有四英里远，”爸爸说，“所以你跑得算很快了。”

“可是我平时都跑两分钟。”我一边告诉他，一边把腿伸到身后，开始飞快地在原地跑起来，脚下的地板发出一声惊呼，恳求我停下来，“我得加紧训练了。”

“你练得够刻苦的了！”爸爸说着，拿起一个巨大的奶白色的信封递给我，“这儿有一个惊喜给你。早晨到的一封信，寄给你的。”

我走上前去，从他手中接过信封。我长这么大还从来没收到过信件呢，所以这真是一个大大的惊喜。

“谁会给我写信呢？”我抬起头惊讶地望着爸爸问道。

“打开就知道了。”

我盯着信封看了一会儿，仔细地在手里掂量了一下，手指轻轻地揭掉封印，从信封里取出一页薄纸。我先是默读了一遍，又大声地朗读了一遍。

尊敬的先生：

最仁慈的国王和王后陛下命令你于十月十三日（星期天）前去觐见，为他们展示你闻名全国的跑步才能。请于十三日上午十点钟到达王宫，到接待处找我。

谨启

陛下的侍从

卡斯泰尔斯·卡斯泰尔斯爵士

“国王和王后给我写信了！”我诧异地抬头看着爸爸说，“真不敢相信他们竟然知道我，我必须接受他们的邀请。”

“可是你还要上学啊，”爸爸说，“你可不能因为跑步而耽误了学习。”

“我就去一两天，”我说，“他们甚至不会知道我出去了。”

“那我呢？”爸爸轻轻地问我，他的语气里满是悲伤，“你会回到我身边的，是不是？”

“怎么这么说？我当然会回来啦！”我大声地说，“我不会丢下你一个人的。”

“你保证？”爸爸又问。

“是的，我保证。”我笑着对他说，连自己都不知道到底是不是真心答应的。

于是，十月十二日傍晚，我跑了一百英里左右到了码头，跳上通往王宫方向的一艘船。第二天早晨，我做的第一件事就是穿上跑步专用的运动服，在皇宫的院子里等着。国王和王后出来时，身后还跟着一个比我年长几岁的男孩儿。他长着一头明亮的金发，戴着金色的皇冠，一直抬着头仰望天空。

“你就是他们说的那个跑得特别快的男孩儿？”王后一边问我，一边拿起脖子上挂着的一副眼镜戴上。她打量了我一番，好像在质疑我的能力。

“是的，女士，”我飞快地点了点头，回答说，“我比同龄人跑得都快。”

“我是国王，”国王大声说，“这是我的儿子，王子殿下。当然啦，他有一天也会成为国王，不过得等到我死后。他希望那天永远都不会到来，是吗，我的孩子？”

“您说什么，父亲？”王子收回一直望向天空的目光，看着他的父亲问道。

“我在说你希望那一天永远也不会到来。”国王又提高音量大声重复了一遍。

“哪一天，父亲？”王子又问，他对周围刚才发生的事一无所知。

“我的天——”

“我们的儿子向来注意力不集中。”王后打断她的丈夫说道，然后她又把目光投向了我，“目前他很让我们失望，这就是为什么国王必须得通过特殊的方法活着。王子根本不想当国王。”

“说得没错，”男孩儿说着，向我耸了耸肩，“我没打算当国王。”

“嗯，我不知道我能做什么。”我感到有些迷惑，接着说道，“我只是一名运动员。或许您把我跟别人搞混了？”

“王后从来不会犯错误。”国王突然说道。

“我也犯过一次错误。”王后马上反驳说。她又把目光移到我身上，说道：“我非常清楚地知道你是谁，孩子。”她控制住自己的怒火继续说道：“你是全国跑得最快的人。我有个问题想问你，你很强壮吗？”

“强壮？”我问道。

“是啊。你觉得自己可以带着……我说不清……这么说吧，你能背着一只老鼠跑步吗？”

我“扑哧”一笑，不过看到王后的表情变得很愤怒，我马上收起笑容。“是的，女士，”我说，“是的，我可以做到。”

“那要是背着一只猫呢？”

“毫不费力。”

“那一条狗呢？”

“可卡犬[1]没问题，大丹犬[2]就不确定了，它们可能会影响我的速度。”

王后似乎对我的答案不太满意，她重重地喘着粗气，那个样子让我想起了龙。“那要是背着一个男孩儿呢？”过了一会儿，她又问道。

“一个男孩儿？”

“你有必要把我说的每一句话都重复一遍吗？”她瞪着

---

① 可卡犬：一种小型猎犬。

② 大丹犬：大型犬中的一种，体形高大。

我，问道，“对，是一个男孩儿，你听清楚了吧？你能背着一个男孩儿跑吗？”

我考虑了一下。“那我跑得就不如平时快了，”我告诉她，“但是我敢说我可以做到。”

“很好，”她说，“那快过来，背上王子跑到巴尔莫勒尔去。我们刚刚邀请了全欧洲最聪明的人在那里建了一座房子，并教给我们的儿子从政的技能。不能再浪费时间了。国王已经快不行了。”

“是真的，”国王难过地说道，“按理说，我都不应该待在这里了。”

“这孩子想必也准备好了，”王后大声说，“现在该出发了，不要四处乱逛！”她说着，朝我招招手，王子已经跳上我的背，我们准备好要跑了。“记得把我的高原日志带回来，”她在我们要出发的时候又补上一句，“上次去度假的时候我把它忘在那儿了，我想再写一篇。”

“还有我的来复枪，”国王愤怒地挑了挑眉毛，也大声吼了一句，“公园里新来了一只雄鹿，特别强壮，也相当漂亮，我想射杀它。”

王子比我想象的要轻，慢慢适应了他的体重之后，我发现他没让我跑慢多少。我在傍晚时分到达了苏格兰，但到了之后，我惊讶地发现王子根本不想进去，而是坚持躺在草地上，望着天空。

“看那儿，”他说，“那是大熊座。”

“在哪儿呢？”我眯起眼睛问道。

“那里，北斗七星指向北方。看见了吗？”

“是啊，”我高兴地回道，因为之前从来没注意过，“我当然看见了。”

“还有，那是英仙座，”王子指着另一组星座，“那是仙后座——坐着的王后。”

“你对星星很感兴趣啊？”我问道。

“非常感兴趣，”王子坦诚地说，“我想成为一名天文学家，但是我父母肯定不同意，他们说我只能做国王。”他拉下脸，那神态就好像他们刚刚要求他早睡，因为第二天早晨要进行长途旅行。

“你就不能表示反对吗？”我问道。

“不可能的，”他叹了口气，说道，“如果我不当国王，王位就会传给我弟弟。”

“那有什么问题吗？”我又问。

“他是个傻瓜，”王子说，“而且无法治愈。他之后王位就应该传给另一个与我们不和的家族分支中的一人，到时候我们都会遭遇不幸的，我们所有人。我母亲是不会允许这样的事情发生的。”

“所以他们才送你到这儿来，”我说，“送你进学校，某种程度上这也是学校。”

“是的。”他说。

“我也被送到学校去过，”我告诉他，“我一点儿也不想去。不过当我意识到自己在某方面很擅长之后就好些了。无论如何，我最好进去，”我说，“去取你妈妈的高原日志和你爸爸的来复枪。”

一位年长的绅士正在大厅里等着我，他的目光里交织着愤怒和恐惧，好像我是来偷窃东西的贼。“你是谁？”他问我，声音在走廊里回荡着。

我跟他说了我的名字以及我来这里的原因，他看起来似乎完全接受了我的说法。“我是罗马纳斯·普莱克托姆，鹿特丹人。”他说，“王子和你一起来的吗？”他不是特别热情。

“他在外面，”我告诉他，“在草地上。你看起来不怎么喜欢待在这儿，你不介意我这么说吧？”

“我是不喜欢，”他说，“我并不想来，可是却被征召来这个鬼地方训练那个男孩儿。我刚刚在鹿特丹建成了一座玻璃屋顶的城堡，这样就能省下不少电费，能攒下很多钱呢。在我们国家，我已经成为当代最知名的省钱人之一了。这是无上的荣耀啊！”

“那天黑了怎么办？”我问道，“你怎么看东西啊？”

“蜡烛，我的孩子，我用蜡烛！我花了六年时间建成了那座城堡，但是搬进去的第一天就收到了国王和王后的信。现在我那玻璃屋顶的城堡完全闲置了，谁知道会发生什么事呢，而我却必须待在这儿。这个破地方！”他咆哮道，自怨自艾地看着四周，“不管怎么说，你跟我来吧，我带你去王后的书房。”他带着我穿过一条条漆黑的木制长廊。

我走进一间巨大的办公室，从书桌上拿起那本日志。我抬起头时注意到一排雄鹿的头挂在墙上。每一个鹿头都比上一个大，它们都被钉在一块木板上，下面标注着日期——国王射杀它们的日期。我走过去，望着那些动物的眼睛，我敢肯定自己看到了它们无辜倒地时所遭受的痛苦。我皱着眉摇了摇头，看到了放置在角落的来复枪，它就是造成所有这些不必要伤亡的罪魁祸首。

“这是您的日志，女士。”第二天晚上，我把日志交给王后的时候说道。

“他们说得的确没错，”她回答说，“确实跑得很快。我们的儿子——王子殿下，他怎么样啊？他的老师是不是很高兴地收下了他？”

“啊，这个……”我说道，真希望自己有时间可以准备一下再答复，但身为一个跑得飞快的运动员有一个不利的因素，就是没有思考的时间，“是的，他们看起来相处得很好，只是他们都觉得苏格兰不是学习的最佳处所。”

“不是最佳处所？”国王吼道。

“嗯，也许吧，”我说，“那里很冷，普莱克托姆先生说他受不了那里的冬天，那样对王子更不好。他们已经回到鹿特丹继续完成对王子的教育了，他还说一到那里就写信回来。”

王后听到这个消息，咕哝了几句，倒也没说别的。

“还有我的来复枪呢？”国王说道，口水顺着胡子流下来，好像闻到了弹药和鹿肉的味道，“你没忘了我的来复枪吧？”

“我找不到，陛下，”我耸耸肩说，“抱歉！”

国王的喉咙里发出一声低低的怒吼，好像要袭击我。

“如果您想要的话，我可以再去一趟。”我小心翼翼地说道，但是我知道，即便我再去一次，还是不会把来复枪带回来的。

“不必了，孩子，”王后摇了摇头，松了松头巾说道，“你所做的已经足够了。不管怎么说，我们不能一整天都站在这里。国王还要做治疗，护理师们很快就要到了。我们还得为他们准备面包，不然他们又该发牢骚了。你沿着宫殿跑一圈怎么样？我给你计时，只是玩玩而已。”她说着从大衣下面取出一块怀表，伸出一根手指头按在一个很大的圆形按钮上，“宫殿后面有一片薰衣草花丛，你肯定会经过那里。替我摘一枝薰衣草回来，那我就知道你的确是跑了一圈。”

“是这种花吗，女士？”我伸出手递给她一枝完美的紫色薰衣草。

“太不可思议了！”王后摇了摇头，难以置信地说道。

“怎么说呢？”我笑着对她说，“我跑得的确很快。”

几年以后，我正好去鹿特丹，参加鹿特丹百年纪念长跑比赛，还去看望了王子。一切都很顺利。他从自己的老师那里学到了很多东西，是在那座有着玻璃屋顶的城堡中学习的，他整天都透过玻璃屋顶盯着天空。真的，每个人都很开心。即使是我爸爸，等我回到家以后，也特别开心。

“你晚回来了一天。”他笑着对我说。尽管如此，他还是看起来如释重负。

“才晚了一天而已。”我说。

“你回来了，”他拥抱着我说，“这就足够了。你遵守了自己的承诺。”

诺亚和老人

Noah and the Old Man

“我们班的一个男孩儿也见过王后，”诺亚说，他想起了查理·查尔顿那次也是唯一一次穿着套装、打着领带、头发梳得光亮地去学校，“他带着一束花说：‘夫人，您能来这里我们非常高兴。’这件事还上了报纸呢！”

“不是同一位王后，”老人摇摇头说，“我见到的国王和王后现在早已不在人世了。”他把手伸过来，从诺亚手中拿走木偶，非常珍爱地看了一会儿，手指轻轻掠过木偶上华丽服装的雕刻纹理，嘴里长叹一口气，然后又将木偶还给了诺亚。

诺亚把它放在桌子上，跟施奥德女士和维克先生并列放在一起。“这样说的话，您父亲看见您回来很高兴，”诺亚说，“您没在的时候，他很孤独吧？”

“是啊，肯定的，”老人说，“孩子们离开后，父母都会很孤独。这你懂吧？而且他也没有很多朋友。当然，那头第一天就问候我们的驴子算是我们的一位朋友，尽管比起我爸爸，它跟我更要好，因为我们年龄相当。还有一只猎狗，它经常停下来和我爸爸聊天，关系非常好。”

“我今天早上遇到那只猎狗了，”诺亚激动地说，“是它告诉我店门前那棵树的故事，它很热心，虽然比较容易被激怒。”

“是的，它是比较易怒，但它是个正派人物，真的。它也是我的密友。实际上，猎狗和驴子可能是我现在最亲近的两位朋友了。”

“我最好的朋友是查理·查尔顿，”诺亚说，“他会吹长号，今年开始还教我吹呢，不过他说即使我想达到他水平的十分之一，也还有好长的路要走。”

“我想这种事再也不会发生了，”老人说，“因为你离开他了。我是说，我想你几乎不可能会在路上遇见陌生人愿意教你吹长号。”

诺亚慢慢地点点头，眉头皱了起来，他以前可没有想到这个。

“不管怎样，我不在的时候，驴子和猎狗就相当于是爸爸的伴儿了。”老人继续说，“但是我深深地明白这跟我在他身边不一样，我可以白天帮他料理商店，晚上陪他下棋。爸爸会有朋友，也会有驴子和猎狗来拜访，但是这些弥补不了孩子不在身边的孤独。我想你的爸爸妈妈现在应该是这种感受，我估计他们应该已经发现你走了。”

“嗯……”诺亚说着看看表，“是的，我想他们发现了。”

“他们有很多要好的朋友吗？”

“有一些，”诺亚说，“不过没有动物朋友。我们没有搬家到森林里，所以大多数时候是跟人聊天。”

“是的，我记得，”老人说，“这也是小时候搬来森林时我很高兴的原因之一，这里更加有趣。但是话说回来，如果他们有些好朋友，像你说的，那我想他们会很快把你忘掉的。”

诺亚惊讶地抬起头，刚才的话像石头打在他心上。“他们不会忘记我的，”他感到很不安，“他们永远不会忘记我。”

“即使你一直不回家，也不会忘记你吗？”

“我始终是他们的儿子啊，这是改变不了的事实。”

“也许他们会再生一个儿子呢？”老人问。

“我想不会的，”诺亚摇摇头说，“不，不会发生这种事情。”

“这样啊，”老人说，“当然我不了解他们，我只是从你的叙述里知道一些。但是离家出走的人是你，不是我，所以我想你至少有个正当的理由。”

“当我的妈妈取消了复活节出游的计划时，我感到很奇怪，”男孩儿低头看着桌子说，“当她把游泳池改造成沙滩时，我就感觉更奇怪了。”他接着说，“但那时我没有想太多，还以为她只是变着花样去玩乐，直到去了游乐场……”

“你妈妈带你去了游乐场？”老人问。

“是的。”

“听起来很有意思。”他说。

诺亚点点头。“是很有意思，”他重重地喘着气说着，因为那个下午的记忆还是让他不舒服，“那天本来玩得很好，但是最后却变得很糟糕。”

扫兴的游玩

The Funny Turn

一天中午，巴里沃特夫人出人意料地出现在校园里，那时刚好到了学生列队出去吃午饭的时间，她让诺亚这个下午逃课跟她走。

“我们真要这么做吗？”他诧异地问道。因为妈妈以前从来不允许他逃课，就连那天他因为没有完成作业不想去上学，在温度计上坐了五分钟装发烧时，妈妈也没有放过他。

“这么美好、晴朗的天气不应该在学校待着，”她说，“我们应该好好珍惜这种好天气，不是吗？我想咱们俩可以一起去干点儿什么。”

“但是我下午还有两节数学课。”诺亚说。

“那又怎样？你喜欢数学？”

“不，”他承认道，“一点儿也不。”

“那就是了，来，走啦！”

“可是我的书包和书……”他说着回头看看教室和校长——塔欣汉姆先生，他正在向他们走来，脸上一副愤怒的神情。

“就放在那里吧，明天你再过来取，”妈妈说，“快，不要被他抓住。”

他们手拉手跑出了大门口，塔欣汉姆先生看到后很生气，一直追他们到停车场，边追边大声喊诺亚的母亲，把路边小鸟惊得都从树枝上飞了起来。但是她装作没有听见，发动汽车就要出发，眼看马上就要成功了，塔欣汉姆先生挡在了车前。她只好停下来，叹口气摇下车窗。

“巴里沃特夫人，”校长气喘吁吁地说，看来他在诺亚那个年龄的时候就没有好好锻炼身体，“你知道你在做什么吗？现在还没有放学，你不能把孩子带走。”

“但是太阳出来了，”她抬头看着天空说，头上白云散开，淡蓝色的天空一望无际，“这样的天气让孩子憋在学校里简直是罪过啊！”

“你这样做是违反规定的！”塔欣汉姆先生反驳。

“谁的规定？”妈妈问。

“学校的规定，”塔欣汉姆先生回答，“我的规定！”

“别理会那些，”妈妈说，摆手示意这些都是废话，“你为什么不跳上车来，塔欣汉姆先生？如果你愿意的话，可以跟我们一起去。你确定？好吧，那么，再见！”

说完这些，她掉转车头上路了，诺亚在后座上回头看时，校长还站在那里，手捂着嘴，愤怒地望着他们的车。

“他看上去很不高兴。”诺亚说。

“不用担心，”巴里沃特夫人说，“我明天会给你写假条。再说了，我想跟我的儿子在一起待一天，没有什么学校规定能阻止我。我们没有时间可浪费了，我和你。”

诺亚皱起眉头，“这话是什么意思？”

“什么话？”她抬头看着后视镜中诺亚的眼睛回道。

“‘没有时间可浪费了’那句。”

“没什么，”她马上摇头说，“我只是说，生命很短暂，应该用更多的时间和所爱的人在一起。就是这样。我想我这辈子一直没有意识到这一点，但是现在……嗯，现在我突然明白了。你明天还像往常一样去上学，现在不要担心，也别再想数学课，今天我们要玩得开心。”

诺亚决定不跟妈妈争辩了，因为毕竟他可以逃课了，用不着假装生气。于是他解下脖子上的领结，望着窗外。“那么我们要去哪里呢？”当他发现走的路不太熟悉时问道。

“今天城里新开了一家游乐场，”妈妈说，“我在早报上看到的，我想我们该去看看。今天那里应该比较安静，因为大家都在学校里。”

“好主意！”诺亚说。

他们把车停在火车站，然后搭乘火车去城里。路上，对面的男人一直讲电话，妈妈竟然没有指责他；车厢另一边的那个女人一直嚼着口香糖，发出烦人的声音，妈妈也没有说什么。她说，生命中有些事就随它去吧！她一直跟诺亚说说笑笑，一起做游戏，好像她也是个八岁的孩子。

但到了游乐场，她只跟诺亚一起骑了一次木马，然后就让诺亚自己去玩。“可是一个人玩过山车很没意思，”他央求道，“妈妈，求你了，我们一起玩吧！”

“我不行了，”她说，声音不像中午从学校开车出来的时候那么有活力，好像很疲惫，看上去好像吃错东西不舒服似的，“我有点儿不舒服，诺亚。我们在这里玩得多开心，我不想让你扫兴。快去吧，你要把咱俩的都玩回来。”

“要不我们坐下来休息一下，”诺亚指着他们身后的空长椅说，“然后再一起去玩别的。你休息一会儿可能就好了。”

“还是你自己去玩过山车吧，”妈妈说，“我在这里看着你，我保证，我会向你招手。之后如果我感觉好些了，再陪你玩其他的。”

诺亚不是很高兴，但他不想错过过山车，于是车子再次停下来载客时，他爬到前排的座位并坐进靠里面的位置，希望旁边能来个伴儿。然后一个跟他年龄相仿的小女孩儿坐了过来，当服务生走过来给他们固定座位时，她正往嘴里塞最后一口棉花糖。

“你好，”诺亚表现得很友好，“我是诺亚·巴里沃特。”

“对不起，”小女孩儿对他笑笑，说道，“我不想跟陌生人说话。”

他们的谈话就此结束，但是当过山车狂翻跟头时，她抓着诺亚的手在他耳边尖叫，诺亚感觉耳膜都被震破了。

过山车速度很快，诺亚坐在上面根本看不见妈妈是否还在地上看着他。当他玩了三个回合下来时，身体左摇右晃，就像每个圣诞夜泰迪叔叔喝醉回家时候的样子。当他终于站稳的时候，却发现妈妈不见了。他先向四周张望了一圈，然后皱着眉头，咬着嘴唇，顺着道路去寻找，但是还是没找到，不知道她到底去了哪里。他知道妈妈一般不会自己走掉的，他也害怕妈妈正好在他去别处寻找的时候又返回去，那她又要担心自己的儿子去了哪里。那样的话，他们俩可能又会错过。

于是他坐到刚才妈妈坐的那条长椅上，脸上表情很是凄惨。这时，一位身穿白色制服的女人匆忙走过来，很着急的样子。诺亚不喜欢她的表情，把脸扭到一边，希望她快点儿走过去。但是那女人却停在他面前弯腰看着他，这正是诺亚不希望发生的。

“你是诺亚·巴里沃特吗？”她问。

“不是。”他说。

“真的吗？”她皱起眉，“你看起来很像那个人让我找的小男孩儿，她描述的就是你这个样子。”

诺亚不说话，尽力什么都不去想，把头低下去，希望能够隐身到地下。

“你真的不是诺亚吗？”那位女士过了一会儿用更加温和的语气问道。

“我是。”诺亚微微点头，说了实话。

“那太好了，”她露出释然的微笑，“我就觉得一定是你，你能跟我走吗？”

“我不能，”诺亚解释说，“我在等我妈妈。”

“我知道，”女人说，“她刚才有点儿头晕，不用担心，就是头晕而已。她现在在医疗棚里，让我过来接你。”

诺亚一语不发，他感觉这里有个除了自己全世界都知道的阴谋，但是最终他答应跟那个女人走了。路上，她一直想握住他的手，但是诺亚两只手都插进口袋里。他很清楚，他不需要这种没有意义的安慰。他时不时回头看看那条长椅，看看妈妈有没有出现。当他走进医疗棚时，发现妈妈真的在那里，躺在床上，身边站着一位医生。

“诺亚！”她立刻坐起来，脸上挤出一丝微笑，但她看起来体力不支，脸色几乎煞白，帐篷里的气味也很难闻。有一天晚上查理·查尔顿来诺亚家过夜，但是吃了太多巧克力，喝了太多的碳酸饮料，最后吐了一地——就是那种气味。“我很抱歉，”妈妈拖着疲惫的声音说，“但是没有什么可担心的。我刚才只是有点儿头晕，一定是被棉花糖害的。”

“你根本没有吃棉花糖啊！”诺亚盯着她，下意识地与她保持一定的距离。

那晚他们没有坐火车回家，这对诺亚来说是个遗憾，因为他很喜欢火车。他们在帐篷里又待了三个小时，直到诺亚的父亲开车过来把他们接回家。

回家的路上，他们很沉默，尤其是诺亚。

诺亚和老人

Noah and the Old Man

“如果她没有吃棉花糖，”老人放下已雕刻完一半的木偶，然后拿起空的甜点盘，慢慢走到水槽前，打开水龙头，扔了几条抹布进去，让它们洗盘子，“那她为什么会生病呢？”

诺亚低头看着桌子，一根手指头在木头上刻出的一条凹槽中滑动，他猜想这可能是被一个失控的凿子凿出来的。他什么也没说，也没抬头，希望老人别再问他类似的问题了。

“你不想回答？”老人最终轻轻地问。

诺亚看着他，用力咽了一口唾液，然后摇了摇头。“我不想没礼貌，”他说，他发现自己的声音不自觉地提高了，“但是现在我已经离家出走了，我想最好不要想起我的父母，或者不谈论他们。”

“啊，现在看起来这件事确实很奇怪。”老人说着转过身来惊奇地望着诺亚，“首先，面对错怪你的保安，你妈妈选择支持你，然后她在游泳池中造出一个海滩，再然后她带你从学校里出来去游乐场……而你却不愿谈论她，为什么？如果我有一位这样的妈妈……当然我没有妈妈，只有爸爸，”他伤感地说道，“但我还是不理解你为什么不想和她在一起。”

诺亚想了好久才回答。“不是我不想和她在一起，”他沮丧地说道，“哎呀，这太难解释了！事实就是，她给了我一个承诺，我想她打算违背这个承诺。我不想在她违背这个承诺时还留在那里。”

“你认为她打算违背它？”

“是啊！”

“她许了什么承诺？”

诺亚摇摇头，表示他不想说。

“唉，真遗憾，”老人叹着气说，“我们都会许一些自己不可能一直遵守的承诺。”

“我想您肯定没许过。”诺亚说。

“如果你那样想，你就大错特错了。你应该听一听我还是个孩子时许的一些承诺。你知道吗？我爸爸在他一生中做的每一件事情都是为了我，但是我一次又一次地让他失望——离开家，出去冒险，惹上各种各样的麻烦。如果你想讨论承诺，好吧，我违背了自己许下的一个承诺，而且这辈子我都无法原谅自己。现在你要不要喝点儿茶或者咖啡？”

“茶和咖啡我都不喝，”诺亚的表情像是刚吃完一桶烂苹果，“不过如果您有牛奶的话，我想要一杯。”

老人打开冰箱，钻进去找了半天，最后拿着一罐结霜的冷牛奶出来了。他给诺亚倒了一玻璃杯，放到桌子上，然后拿起木头和凿子接着雕刻起来。

诺亚喝了一口牛奶，又从箱子里拿出一个木偶。这个木偶看起来很可笑，小小的身子上面是一颗方形的脑袋，他像是一个由几何图形组成的木偶，而不是根据有胳膊、有双腿、有身躯的人雕刻出来的。

“啊，贵格先生，”老人看到这个木偶后，摇摇头笑着说，“我很惊讶爸爸会雕刻一个他。如果说维克先生是让我对跑步产生兴趣的人，那么贵格先生就是那个让我明白如何施展特长的人。你刚才在说承诺，诺亚。说起来，就是因为贵格先生，我对爸爸食言了一次。”

贵格先生的木偶

Mr. Quaker's Puppet

（ 老 人 的 回 忆 ）

我从国王和王后那里回来后不久，有一天放学回到家看见一件不寻常的事情：居然有位客人站在玩具店里跟爸爸聊天。我已经记不清这里最后一次有客人来是什么时候了——大概只有驴子和猎狗才会来这个店。门铃发现我站在那里，漫不经心地响了起来。那位客人转过身来，一看到我，他就高兴地拍拍手。

"这一定就是您的儿子吧！"他兴奋地大声说道。

"是啊！"爸爸不紧不慢地回道。

"他没有我想象中的那么高。"

"他还小呢，"爸爸说，"他还在长个儿，实际上，刚开始长。"

“嗯，我想也是！”那个人说着走过来，抓住我的小手开始猛烈地摇晃，“请允许我自我介绍一下，我叫贵格，巴塞罗谬·贵格，也许你听说过我。”

“没有，先生。”我很坦诚地说道。

“天哪！”贵格先生说，他的额头消失在一片皱纹当中，“那太遗憾了，这对我的自尊心是相当大的打击，不过没关系。我是本届奥运会村队的选拔委员会成员，奥运会你总该知道吧？”他说完点点头，转向爸爸畅快地大笑起来，好像他开了一个很棒的玩笑似的。

“不知道，先生。”我耸耸肩，再次坦诚地说道。

“你没有听说过奥运会？”贵格先生震惊了，凑近我，摘掉眼镜使劲儿盯着我看，“你不是认真的吧？”

“我们在这个玩具店里过着很平静的生活，贵格先生，”我告诉他，“我对外面的事情了解得不多，虽然最近我去拜访了国王和王后，并且——”

“但是，孩子啊，”贵格先生打断我，“奥运会是世界上最大的体育盛会，它的存在是为了增进各国的友好和庆祝体育界非凡的成就。有些运动员竭尽一生为奥运会训练，拿到奖牌就是他们事业的最高荣耀。”

“啊，听起来很棒。”我说着在原地跑步，热起身来，“我猜你是想让我参加，对吗？”

“那是当然！”贵格先生点点头说，“你的跑步天赋已经声名远扬，而且这个村子自从德米特里·卡普尔迪之后再没有夺得一块奖牌，说到这里我就感到羞愧。我们希望你为我们改变这一切，对于你这个年龄来说，我们的这个期望给你的压力不小，但是你的能力一定可以让你不负众望。你觉得呢？你不会让我们失望的，对吗？”

“如果爸爸允许我去，”我回答，用乞求的眼神望着爸爸，“那我就去。”

“我不确定，”爸爸平静地说，脸上的表情痛苦得好似失去了至爱，“奥运会在那么远的地方举办，你还要考虑上学的问题呢。难道你不愿意和我在一起？我知道这里的生活没有什么令人激动的，但是——”

“我会让他很快回来的，你甚至都感觉不到他离开过。”贵格先生打断爸爸，因为他不希望我犹豫。“告诉我，”他转向我，“我听说你最近才开始赛跑。”

“是的，”我点点头说，“是的，我以前跑不了那么快，我的腿没那么大力气。但是自从我八岁以后……我变了很多。”

“能告诉我是什么样的变化吗？”

“我儿子不喜欢谈论往事。”爸爸说着从柜台后面走出来，把我搂在怀里，好像是要保护我免受伤害，“这么说吧，我们来这个村子之前，我儿子跟现在简直判若两人。但是当他下定决心做个男子汉——我是说好男孩儿，那种他一直向往的男孩儿——是的，从那时起他意识到自己有一定的……天赋，能够跑得非常快就是其中之一。”

“您不必担心，先生，”贵格先生眼睛放光，越发精神，“我的这项工作使我见到过各种人和事，但是我从不说三道四，从来不，先生。”他重复地说，似乎在强调这一点。“你知道吗？我曾经和一个小男孩儿一起工作，他五岁之前一直被关在一间玻璃屋中。他在鞍马和双杠方面很有天赋，但是在热身赛中不幸落败，那件事真令人遗憾。那以后，他的信心大大受挫。在上一届奥运会上，另一个男孩儿本来很有希望赢得马车比赛，但是在冲击决赛时，他的态度嘻嘻哈哈，让他在比赛中难以集中精力。他严肃认真的态度再也没有回来，直到现在，他还在外面寻找它，但是他永远也找不到了。我想你应该听说过邻村的爱德华·巴森吧？”

“没有，先生。”我说道，眼睛睁得大大的。

“他是他们村击剑比赛夺冠的希望，”贵格先生回忆说，叹了一口气，“但是在比赛当天，他被现场观众的数目之多吓住了，全身发抖以至于无法比赛。之后很多年，在这些项目中再也没有佼佼者出现，实在令人遗憾。”

“生命中还有比拿不到奖牌更遗憾的事。”爸爸说，“年轻本身就是一枚奖牌。为什么这么说？我现在老了，腿脚不听使唤，得了关节炎，还耳聋眼花的。”

“你偏离话题了，爸爸。”我摇摇头说。

“我没有，”爸爸坚持道，“我没有，我的孩子！这才是更让人遗憾的事。”

“我们谈得很尽兴啊，”贵格先生看了看手表说，“但是我还要赶火车，所以不能在这里继续闲聊了。我希望我可以回去告诉委员会你同意参加奥运会了，那样我们会感到万分荣幸。”

“我确实想参加。”我回道，脸上笑开了花。

“但是学业呢？”爸爸绝望地喊道，“你的课程呢！”

“这件事您不必担心，先生。”贵格先生说着用拐杖连续快速地在地上敲了三下，他的这个动作让我怀疑他是否在变

魔术，“我们有一项政策，那就是给每一百个孩子配一位高素质的老师来教课，我们很重视对这些小运动员的教育。”

“那有多少个孩子要去参加奥运会？”爸爸怀疑地问道，“还有其他这个年龄的孩子吗？”

“只有您儿子，”贵格先生骄傲地说，“这就意味着我们不用找老师了，又省了一笔钱，也给您省掉一笔辛苦钱，先生。”他靠过来，一个拳头敲在柜台上，“在这个游戏中，我们都是赢家，不是吗？”

爸爸叹了口气，转移开视线，无奈地摇摇头。“你真的想去？”几分钟后，他盯着正在热身的我问道。

“当然！”我说。

“你保证你会回来？”

“我上次不是回来了吗？”

“你保证？”爸爸仍然问道。

“我保证。”

“如果是你内心的愿望，我不会阻拦你。你去吧！”

于是在那届奥运会上，我成了包揽一百米、两百米、四百米、八百米、一千五百米、五千米和一万米项目金牌的第一人，这让所有人都大吃一惊。我甚至还夺得了四百米跨栏的银牌，不过这相对来说算是令人失望的失败了，到现在我都没提起过这件事，而且当时就把它从我的官方传记中删除了。我还通过复杂的方法把接力棒传递给自己，成为有史以来唯一一位凭一人之力赢得四人百米接力赛的奥林匹克运动员，成为当时的传奇人物。

没有人比我跑得快，这是不争的事实。

奥运会一结束，我就想起了对爸爸的承诺。确实该回家了。但是就在这时，各种令人兴奋的邀请纷纷到来。

日本天皇下诏要见这个打败日本运动之星并获得如此多金牌的人。于是我一路横跨欧洲，进入俄国，穿过哈萨克斯坦，越过中国，到达东京，为这个高高在上的统治者进行了几次表演。他的儿子，也就是皇太子，向我发出挑战。尽管可以轻松取胜，但我大度地给他留了面子，没有让他落得太远。毕竟，日本人承担了我的住宿和其他一切费用。

“非常感谢！”我冲着欢呼的人群说，“现在我必须回家了，因为我许下了承诺。”

但是，我没有回家，而是去了南美。那里有一些为自由而战的人士邀请我去参加两年一度的“放下武器节”。他们每年都要邀请国际友人，而这一年被邀请的人就是我。“你认为自己速度很快，是吗？”迎接我的官员看了我穿越森林所需的时间后猛吸一口雪茄说，“你认为自己是个聪明的家伙？”我好像得罪了他，虽然他就是邀请我过来的人。

“是的，先生，是的。”我一边说，一边接过他的雪茄，试着吸了一口，然后马上扔到了地上，“不过现在我得回家了，因为我答应过爸爸。”

但是在回家的路上，我又到了梵蒂冈，那里的教皇想挑战我的实力，让我在一个下午围绕圣彼得广场跑一千圈。围观的人为我喝彩不断，那时我发现我是那么喜欢被关注的感觉，甚至不想停止了。

“到我的私人住所来吧，”跑完后，教皇一手搂住我的肩膀说，“跟我一起品尝一点儿提拉米苏。”

“不行啊，尊敬的教皇，我不能。”我摇头对他说，“我真的要回家了，因为我向爸爸承诺过。”

但是在回家的路上，我又到了西班牙，在潘普洛纳[①]与公牛赛跑。然后，我向北去了巴塞罗那庆祝西班牙情人节，我几乎像风一样掠过所有的书摊和花摊，因为游戏规则是，哪个摊位上出现客人，我要马上赶到。我在街道上像闪电一样穿梭时，整个城市似乎静止了。

在离家更近的时候，我感觉到有点儿累，决定在爱尔兰的科克休息几天，顺便做了一年一度的斯基伯林岛屿大赛的裁判。比赛当天，爱尔兰所有的男人、女人和孩子都在大街上，整整二十四个小时，大家赛跑、唱歌、谈论社会的不景

① 潘普洛纳：西班牙东北部的城市，纳瓦拉省首府。

气。我被邀请去向群众演讲，但是我说我更愿意向他们展示我的速度，这时候人群中一位年轻的女士往演讲台上扔了一把钥匙。

“我出来时可能忘记关掉水龙头了，”她说着递给我地址——远在五百公里外的多尼哥，“小伙子，你能跑回去帮我看看吗？”

“您没忘记关水龙头。”过了一会儿我回答道，并把钥匙扔给她，还有一件厚厚的红色羊毛外套，“我想您一会儿可能需要这件外套，因为那边在下雨。”

“你绝对是父母的骄傲！”那位女士向我喊道，人群又一次喝彩。

“谢谢您，”我说，“不过我没有妈妈，只有爸爸。而现在我得回家了，我答应过他的。”

于是我从那里坐上船到了伦敦，因为一个文化节又耽误了几天。我从阅览室迅速跑进跑出，来回兜的风可以为那些阅读的人翻书页，他们解放出来的双手可以喝茶或者做手势。就这样，虽然我尽力往回赶，但总是有一些人要见我，总是有邀请必须接受，总是有节日和比赛要我参加。尽管我内心一直挂念着爸爸，但是我尽力去忘掉回家的承诺，即使我知道很多年过去了，我的功课已落下太多，我爸爸也已不再年轻。

就这样直到我到了圣彼得堡，为了取悦沙皇和他的妻子，我在摩天轮上像仓鼠一样跑来跑去，没有休息一下，也没有厌烦。这时候来了一封信。我跳出摩天轮，把信读了一遍又一遍，泪水模糊了眼睛。我问一位年轻的侍卫从圣彼得堡回家的火车的出发时刻，他说它们走得很慢，而且很少、很冷。

“但我必须回家，”我说，“我爸爸不行了。”

“很抱歉，”那位年轻的侍卫耸了耸肩膀，脸上露出真诚的遗憾，因为他无能为力，“其实根本没有火车。”

“那我只好跑回去了，”我告诉他，“这次我保证不会再被任何人、任何事耽搁了。”

至少这句话，我做到了。

诺亚和老人

Noah and the Old Man

“您有这样的爸爸真是太幸运了，”诺亚说，“如果我想做这种事，我爸妈绝对不会同意的。”

“你怎么知道？”老人问，“你问过他们吗？”

“嗯，没有，”诺亚回答，“不过也从来没有人来敲我家的门，邀请我去参加奥运会，毕竟我才八岁。”

“而且你在学校的五百米赛跑中仅仅获得了铜牌。”

“第三名是很厉害的！”诺亚坚持道，“您为什么一再这么说？”

“不管怎么说，贵格先生来找我的时候，我比你也大不了多少，”老人耸耸肩说，“不过，我想时代也变了。”

男孩儿叹了一口气，把贵格先生的木偶放在桌子上，旁边是王子、维克先生和施奥德女士。它们躺在那里，都抬眼瞪着他，或许是因为发现彼此之间距离如此近让它们感觉不舒服。诺亚想它们一起在箱子里坐了那么久，现在应该让它们出来透透气，但是看起来它们并不高兴。

突然一只布谷鸟从打开的窗户飞进来，停在他和老人之间的空中，盯着他俩看了一两分钟，然后发出急促的“咕咕”声，又从原路飞出去消失在天边云际。

“天哪！”老人看了看表说，“已经到这个时间了，真的吗？”

“布谷鸟，”诺亚说着从椅子上跳下来把脑袋探出窗外，想看看布谷鸟飞到哪里去了，“它每个小时都这么做吗？我是说报时。”

“当然，”老人盯着诺亚说，好像这是世界上最寻常不过的事情，“它是布谷钟，你家里应该也有吧？”

“是，有，”诺亚说，“我家客厅的墙上挂着一座，紧挨着琼阿姨的画像。但是您这个太不一样了，没想到真实生活中有这种鸟。”

“是的，当然它们要接受正规训练，实际上它是我的第二个布谷钟。”老人说，看上去有点儿悔恨，“这只鸟的父亲以前就做这项工作，直到有一天我忘记打开窗户使鸟爸爸遭遇了不幸。”他停顿片刻，伸出两个宽大的巴掌，“啪嗒！”他伤心地摇着头，“我当时非常伤心，以为我跟这家鸟的关系也就结束了，庆幸的是它的小儿子发现我不是故意的，于是原谅了我，从那以后一直过来为我报时。”

“它每天早上叫您起床吗？”

“它是那么想的，”老人说，“虽然通常它还没来我就醒了。我们有时一起吃点儿早饭，但是通常早上它会很急躁，我会看看情况，再决定要不要跟它说话。你知道吗？我起得很早。当我还是个小男孩儿的时候，我就每天很早起来跑步。当然，现在不行了，我的腿受不了。我想这不能怪罪任何人，只怪我自己。”

“怎么会是您的错！”诺亚说，“您也阻止不了变老啊。”

“现在阻止不了，是的，”老人点点头，“但是我本来可以不变老，那是我自己作出的选择。”

“您怎么可能——”诺亚惊奇地说道，但是这时老人望向窗外。

“太阳很快就要落山了。”他说，“还记得有一次，我在悉尼的沃森湾看太阳落下去，然后再一路跑到西班牙最南端看太阳又升起来。”

“当时您一定累坏了吧！”诺亚非常震惊。

“是啊，我怎么说也只是个凡人。”老人微笑着说。

“我只看过一次日出，”诺亚小声说，“当然还是在我自己的家里。”

“啊，那你也是个爱早起的人？”

“一般不是，”诺亚坦白道，“有时候我爸爸说如果我还不起来就往我身上泼一桶凉水。真奇怪——每次一到睡觉的时间，我就会抱怨，而到起床时抱怨得更厉害。这没有道理，是吧？”

老人一边用一根手指头敲打着桌面，一边说：“这是生活中矛盾的一面。你那次看日出印象深刻吗？”

诺亚咽下一口唾沫，转移了视线。他过了好久才回答，而且声音非常小。

“是的，我想我永远也忘不了。”

日出

Sunrise

游乐场之行结束后，接下来几周，诺亚妈妈的身体一直不见起色。一天，诺亚的爸爸驱车带着妈妈去城里。夜里回来时，妈妈却没有一起回来。

“你妈妈明天回来。”爸爸说。他看起来很疲惫，而且好像在想如何回答诺亚的问题，而不是告诉他事实。

“明天？”诺亚惊奇地问道，“为什么呢？她今天晚上住在哪里？”

“在城里，”爸爸说，“跟她的一些朋友在一起。”

“她在城里没有朋友呀！”诺亚说。他曾经听妈妈说过很多次她希望认识些城里的人，那样就有理由周六进城里吃个午饭了。

“其实不是朋友，”爸爸说，“这不好解释，但是重要的是明天她才回来。今天晚上就剩咱俩了，如果你愿意，我们可以踢足球。”

诺亚摇摇头，回到了自己的房间。他不想踢足球，只想知道真相。

第二天，妈妈还没有回家。那天早上诺亚计划开始读第十五本书。他从书架上取下书，翻开第一页，但是他无法集中精力。书里面有个叫特里罗尼的地主，一个叫利弗西的医生，还有个小旅馆叫本葆海军上将，但是突然间，它们都混在了一起。他把书放在一边，下楼问爸爸为什么妈妈还没有回家。

“你说她今天回来。”他说道。

爸爸看着他，嘴巴像孔雀鱼一样张张合合。“我说的是她明天回来。”

“是，但那是你昨天说的，所以今天就是‘明天’啊！”

“诺亚，你又犯傻了吧？”爸爸说，“今天怎么会是明天呢？”

诺亚感觉到身体内燃起一腔怒火。他以前从来没有这么气愤过，现在他觉得愤怒的火焰从肚子里开始，扭曲旋转，在身体内游走时又吸收了各处的点点怒气与怨气，从身体中央一路向上蹿到嘴里喷发出来。

“我八岁了！”他叫嚷着，泪水顿如泉涌，“我已经不是五岁、六岁、七岁了，我想知道到底发生了什么事情！”

但是没等爸爸回答，他就冲进自己的房间，锁上房门，一头扑到床上。几分钟后，爸爸来敲门，但诺亚没开门。爸爸对他说不用担心，妈妈很快就回家。那天晚上，诺亚连饭都没吃，隔着卧室的墙壁偷听爸爸打电话。

“好吧，我再等等，”爸爸跟电话另一头的人说，“希望他能好好睡一觉，明天我们再跟他谈谈。”

诺亚以为那晚自己不会睡觉，但事实上，他躺下时就已经很累了，头还没碰到枕头就进入了梦乡。那并不是一个好梦，因此，他很高兴几个小时后有人把他摇醒了。

房间里还很黑，他知道还没到早晨。他感觉到有人坐在他的床边，呼吸很轻，他吓得猛然坐起来，打开床头灯。

“妈妈！”他一下子哭了，虽然突然亮起的灯光照得他睁不开眼，“你回来了！”

“我说过会回来的呀，不是吗？”妈妈轻轻地说，“我本来不该跑回来，但是我待不下去了。我很想你。不知道你爸爸醒来后发现我回家了会说什么。”

“我想你！”诺亚说着抱住她，虽然他见到妈妈非常开心，但是他确实还很累，很想接着睡觉，想等到明天早上起来穿好衣服后再跟妈妈说话，“现在几点钟了？”

“还在半夜呢，”妈妈回答，靠过来亲了一下他的额头，“我想带你看样东西。”

诺亚瞟了一眼床头表，拉下了脸。

“我明白，你很困，”妈妈说，“但是相信我，这是值得的。”

“能晚点儿看吗？”他问。

“不，必须现在，”她坚持道，“快来，诺亚，求你啦，快起床，你绝对不会后悔的。”

诺亚点点头，从床上爬下来。他们走下楼，出了门，走向花园的角落。从那里向远处望去，通过森林树木的空隙，可以看到前方的地平线。诺亚脚下的草还湿漉漉的，但是他喜欢这种感觉，他在泥土里扭动脚，使每个脚趾都能感受到那种湿润。

“你看！”妈妈握着他的小手说。

诺亚盯着黑黢黢的远方，不清楚自己要看什么。他哈欠一个接着一个，很想回到自己的床上。这时他听见右边草丛里有窸窸窣窣的响声，然后看见一只狐狸冒出来，全身深棕色，背上有几条白色条纹。它瞥见诺亚，盯着看了一会儿，然后消失在了茂密的草丛里。

“到底要我看什么呢？”诺亚转头问妈妈。

妈妈摇摇头，一边看看表，一边又向远处望去。“你好好看着，”她说着，把他的手握得更紧了，“随时会出来。”

他眯起眼睛，不知道到底会发生什么事情。

“来了，”过了一会儿，妈妈说，“现在眼睛不要离开地平线，一直看，诺亚，你一定会大吃一惊的。”

“可是这里都没有海，哪里来的鲸（惊）？”诺亚望望四周的森林，就是没有海呀！

一分钟之后，奇迹发生了。突然，一片金色的阳光照过来，透过草尖上的露珠，透过树枝和树叶的缝隙，照亮了整个森林。就在几分钟的时间里，全世界从黑夜变成了白天。

“如果没见过森林的破晓，生命是不完整的。”妈妈说着把他搂得更紧，“我的爸爸以前也带我出来看过……在他离开我们之前。我永远也忘不了，那是跟他最美好的回忆之一。所以我想跟你一起看日出，只有你和我。诺亚，你觉得怎么样？是不是很美？”

“是不错！”诺亚耸了耸肩说。过了一会儿，他问道：“我还要待在这里吗？我快冻死了。”

妈妈有些伤心地看着他，摇摇头。“不，”她说，“不，你可以回房间了。只是我想跟你一起看一次罢了，这样也许以后你再看到日出时就会想起我。”

诺亚点点头，跑回屋里，冲上楼，把外套脱了扔在地上。他上床之前向窗外望了一眼，却发现妈妈还站在外面，就在他们刚才看日出的地方，栅栏旁边，只是她现在站在像梯子一样的两个木头墩子上，离地面几英尺（1 英尺等于 30.48

厘米）高。整个大森林里只有她一个人。诺亚想，整个世界没有睡觉的也只有她一个人。她伸开双臂迎接清晨的阳光，头微微后仰使阳光照在脸上。这是一个罕见的、奇妙的场景。

然后诺亚上床睡觉了，尽管他非常累，却睡不着。直到他听见妈妈回来，进门，慢慢地上楼，他才安心了。

这时他听见妈妈哭出声来，哭得很伤心。他坐起来，但是不想出去。他听见爸爸打开房门，冲下楼梯，喊着妈妈的名字。

诺亚和老人

Noah and the Old Man

“我想我开始理解了，”老人说，“离开所有你爱着的人会感觉很孤独。你必须明白你在做什么。问题是现在回家是不是太晚了？”

“但是您最后回家了，”诺亚说，“您遵守了承诺。当您收到爸爸生病的消息时，您又回家了。”

“事情没有那么简单。”老人伤心地说。他伸手拿起另一块木头，盯着它看了好长时间才开始从木头下端雕刻出两条腿。“其实我的故事还没有讲完。但是现在想想，难道你不觉得还是不要离开家好吗？如果你愿意，现在往回赶的话，天黑之前就能到家了。”

“我觉得我惹了太多麻烦，现在不好回家，”诺亚说，看上去有点儿后悔，“我还是坚持最初的计划好了。”

“我敢肯定你父母一定会原谅你的，”老人说，“只要你回去他们就很开心了。”

诺亚思索着。虽然刚出来几个小时，但是他已经有点儿想家了。但是每次想到这里，他又会想到回去将要面对的事情，他不确定自己是否准备好了去面对那件事。

“但是为什么不回去呢？”老人问，“你需要面对的是什么？”这又让诺亚吃惊不已，因为他确定自己刚才没有说出脑中的想法。

“很糟糕的事。”他回答。

“什么样的糟糕事？”

“您真的从来没有过妈妈？”诺亚问老人。

“没有，”他伤心地回答，“只有爸爸。当然我一直希望有一个妈妈，我总觉得妈妈们都非常善良亲切，至少大多数是这样。但是今天我觉得我错了。”

“为什么？”诺亚问，“今天怎么啦？”

“是这样的，”老人笑着说，“你告诉了我你妈妈的那些美好的故事，她对你是那么好，那么疼你、爱你，但是你还是离开她了。我只能认为她其实并没有你说的那么好。”

“不是这样的！”诺亚焦急不安地喊道。他站起来走到窗户前，注意到外面蠢蠢欲动的人群，说：“外面来了很多人。”窗下有一小群人一边看着玩具店，一边在纸上记录着什么。那条之前对他很友好的猎狗也在那群人中间，而且它

正在跟一个红脸的中年男人讨论着什么，看上去很激动。那个红脸男人可能是负责人，因为他不时地在空中摆手示意大家安静，这样他才能继续思考。那头驴子正在吃香蕉——一个女人刚剥掉香蕉皮，一直注视着路对面忘了吃，拿在手中的香蕉就被驴子抢去了。“他们想干什么？”诺亚问。

“不用理会他们。”老人看都不看一眼就说，“他们时不时地站在那边，做着记录，然后写成谴责我的文章发到村报上，每个人都收得到，但是没有人读那种东西。其实他们并不是跟我有过节，或者跟这个店过不去，他们针对的是这棵树。”他指向树枝，那些在傍晚的微风中轻轻摇摆的树枝立刻静止了，好像知道有人在看它们一样，“他们说这棵树不正常，问我这里有没有发生什么事，我告诉他们我不在乎。不过话说回来，谁去征询他们的建议了！不要担心，那条猎狗会站在我们这边，还有那头驴子，他们会制止那些人惹麻烦。你觉得这个怎么样？”

诺亚转过头，拿起老人刚刚雕刻好的木偶，看上去像是某种猫鼬。“这个好极了！”他说，“您怎么能刻得这么快？”

“熟能生巧嘛！”老人说。

诺亚又盯着窗外那群人看了一会儿才回到座位上。

“爸爸说医生会让妈妈好起来的，”过了几分钟，诺亚又开始说话了，“至少，他过去经常这么说，而现在他说我必须要勇敢。”

“那你妈妈……”老人说，“如果我没理解错，她现在是不是在医院里？”

“以前是，”诺亚说着转过脸去，不想让老人看见他眼睛里流出的泪水，“现在她回家了，在床上躺着。昨天回来的，她坚持要回来，说那是她最后想待的地方，在她……在她……”他说不出话来了，搓了搓脸和手使自己冷静下来。

“但是如果她现在在家，病也没有好，你不应该陪着她吗？”

诺亚转过头看着老人说道：“您不是也曾经离开家了吗？”

“但是我回来了，”老人说，“当我得知父亲生病的时候。”

“您回来用了多长时间？”诺亚问，他站起来帮助老人收拾最后几个杯子和盘子。现在他终于吃饱了，他旁边的柜子上有一盘餐后巧克力，他也只是瞟了一眼，摇摇头，转移了视线，那些巧克力沮丧地缩回柜子里。“您收到父亲生病的信后及时赶回来了吗？您回家时他还没有……没有……”

“死？”老人说，“怎么了孩子？你说不出这个字吗？只是一个字而已，是吧？跟这个字的意义相比，这个字本身并没有什么难的。”

“是的，那个……”诺亚低头看着地板，使劲儿咬着嘴唇，拳头也攥得非常紧，好像一不小心手指头就会穿透手掌。他发现箱子里还有最后一个木偶，他拿出来——好像是一只老兔子，拉一下它身上的线绳，它的胡子就卷到一起。“您是在他死之前赶回来的吗？”诺亚说着把兔子放到其他木偶旁边。

温兹医生的木偶

Dr. Wings' Puppet

（老人的回忆）

当我回到玩具店时，所有的东西似乎都没有改变，跟我离开时一样。墙上仍然挂着一排排玩具，地板上仍满是木屑，柜台后面摆着几个油漆罐子，盖子半开着，罐子外壁上有几道油漆流下来，如彩虹一般，收银机上还挂着几张蜘蛛网。“嘿？”我轻声叫着向四周张望，期待着爸爸从某个角落里钻出来，“爸爸？”

但是没有人回答，我急得咬住嘴唇，不知道接下来该怎么办。医院只有几英里远，如果我要去只需要几秒钟，但是我告诉自己爸爸不可能在医院，毕竟他亲手建起了这个玩具店，一砖一瓦地垒起来，不只是这些不规则的砖块和胡乱抹到一起的泥浆，还有里面所有的东西，以及柜台上、架子上摆放的每一件玩具。所以他绝不会离开这里，我非常肯定。

这时柜台后面传出一阵“吱吱”声，我抬起头，看见那道门站在自己的位置上，开了一条缝。

“亨利，”我叫喊起来，“亨利，我的老朋友啊！你还在这里呢！”

那道门怨恨地看着我，却只是静静地站在那里，没有了往日的温暖和友好。我独自望着昏暗的楼梯，看着头上螺旋状的木质楼梯开始往上爬。亨利明白情况紧急，“唰”地从我身边跑过去，将自己固定在墙上，这次它还是紧闭着，但是允许我旋转它的把手。客厅里面灯还亮着，我走进去，脚下的地板“咯吱咯吱”作响。

什么都没有变。椅子还像以往一样摆在火炉前，虽然它们看见我立刻扭过头去。杯子、盘子都整齐地放在餐柜里，但是它们也都将把手扭到一边不让我碰。衣架依然站在墙角的位置，但在看到我后它用自己的四只脚一颠一颠地跑进我的卧室，关上了门。

看到爸爸的东西对我是这种态度，我非常伤心。

“天哪！”一只从我爸爸卧室里跳出来的老兔子看见突然出现的不速之客非常惊讶，随后它放松下来，对我笑着说，“你回来了！真是不敢相信！我一时没认出你，你长大了很多。”

“你好，温兹医生。”我走过去抚摸着兔子的耳朵，我一直很喜欢这位医生，小时候它为我看过很多次病，“我收到你的信就马上赶回来了。”

“我明白，”温兹医生咬着嘴唇转移开视线，“我都不确定你是否能收到信，毕竟你离开那么久了。”

“是的，我被一些事牵绊住了。”我告诉医生，同时也为我自己的行为感到羞愧，不敢看它的眼睛。我一直想做一个好儿子，但是发生了太多事情阻挠了我。

“牵绊？”温兹医生皱起眉头，“这么多年？当你的父亲越来越老、越来越虚弱的时候？真是个伟大的儿子啊！”

“真的对不起，”我低下头说，“但是现在我回来了，他到底怎么样了？好些了吗？我想陪在他身边照顾他，真的。”我迟疑了一下，一个最糟糕的想法跳进了我的脑海，“他不会……他没有……”

“天啊！”温兹医生伤心地说，它一边嚼着一根胡萝卜，一边摇摇头，“要是你再早回来一个小时就好了。”

“我尽力往回赶了！”我解释着，一股罪恶感袭遍我的全身，“但是他怎么能病得这么严重？我走时他还好好的。变老，确实，但是他身体还很好啊！”

温兹医生眯起眼睛若有所思地看着我问道：“你觉得自己离开多久了？”

“几个月吧，我想，”我说完脸顿时红了，“我太容易忘记时间。当一个人一直奔跑时，往往会搞不清楚自己在什么地方、是什么时间。”

“孩子啊，这是我听过的最荒唐的事情了！”兔子说，它盯着萝卜头上的绿叶，将其一口塞进嘴里吞了下去，“你离开差不多十年了。”

“不！”我喊道，随即我看看手表想证实事情不是温兹医生说的那样。

“真的，我保证。”

“这么说，我错过了十次生日？”我问。

“你错过了你爸爸的十次生日。”兔子回道，“这些年来，他一直在念叨你，他每周都在报纸上寻找你的消息。”

“我本来没想离开这么长时间的。”我说，“我答应过爸爸参加完奥运会就回来的。”

“但是你没有回来。”温兹医生说。

“是啊，”我不得不承认，“是的，我没有。他是怎么生病的？”

温兹医生微笑地看着我摇摇头，然后说道：“我的孩子啊，他老了，就是那样。你的父亲老了，他操劳了一辈子。几周前他还在玩具店里工作，有一天他感到头晕，我来给他看病，但是我无能为力啊。又过了几天，他摔倒了，后来就卧床不起，现在我们永远失去他了。”

我摇着头。“我从来没有想过会是这样。”我说。

“我们都会变老，你自己也在变老，这是自然之道。男孩儿变成男人，男人变成老人。你明白的。”

我点点头，我知道有一种东西不会变老——木偶。

“如果你能早回来一个小时就好了。”温兹医生摇摇头难过地说。

“只要一个小时？你是说……”

“是的，你回来前他刚刚去世。他就在那儿，床上，你可以进去看看他。”

我长叹一口气，慢慢走进卧室，犹豫了一下才往里看，因为不知道在这个昏暗的卧室里自己第一眼会看见什么。屋里窗帘紧闭，房间很暗。父亲床头柜上的小台灯正打着盹儿，突然感觉到有人来了，它看过来，灯光顿时亮起，它被眼前所见惊呆了。

床上，爸爸躺在那里，看起来像是在熟睡。他比我记忆中的模样老了很多，但是看起来很安详，这让我感到一丝欣慰。

“是我，爸爸，”我低声说，走上前，“我回来了。”

爸爸安息后，我便决定做些事情纪念他。我把跑鞋挂起来，开始继承爸爸的事业。毕竟，他花费了那么多年来建造、经营这个玩具店，如果因为爸爸的离去使这个店荒废掉，会让我更加愧疚。至于店里那些因为我出走多年而对我失望的所有东西，我与它们和好了，我们发誓重新开始，又成了朋友。

值得庆幸的是，我搬到这个村子后在学校里学到了很多东西，因此完全可以打理自己的生活。

我每天早上四点钟起床，跑步五个小时，玩具店开门营业。跑步是为了保持身体健康。当没有客人的时候我就做新玩具，各种各样的玩具——火车、汽车、足球、轮船、字谜、拼图等，然后给它们上漆、标价，再把它们摆放到货架合适的位置上。但是我从来不做木偶，从没做过。当亚历山大敲响晚上六点钟的钟声时，我再次穿上运动服，跑到更远的村子去，几个小时后返回店里，锁门打烊，回到楼上吃晚餐，可能是一小块比萨，或者是蔬菜沙拉。每晚午夜上床睡觉，第二天早上四点钟起床，每天如此。

我告诉自己，这样的生活很好。每天我都尽力去告诉自己不要去想有多么悔恨，尽管在爸爸最需要我的时候，我却留他一个人在家孤独终老。

诺亚和老人

Noah and the Old Man

“很抱歉，”诺亚低头看着地板说，“您还想他吗？”

老人点点头，然后环顾四周。“我每天走进这个房间时都会想他，”他说，“吃早饭的时候，思考着一天要干什么的时候，夜里坐在火炉旁看书的时候，我都感觉到他就在我身边，注视着我。我感觉他就在这儿，我告诉他我很抱歉，在他生命的最后时刻我没有陪在他身边。”

诺亚很长时间没有说话，他的脑子里出现了很多声音——很多对话和争论，有些他想听，有些不想。“我们能去楼下吗？”他站起来抱着胳膊问道，“这里有点儿冷，而且我也该走了。”

“当然可以，我的孩子，”老人说着走向亨利，打开它，“来，跟我来。”

他们走下楼梯，在快走到底的时候又向后退了几步让门先走下去，当门在下面找好位置将自己安装到墙上后，他们转动把手，再次走进了玩具店。

“您独自住在这里，没有觉得孤单过吗？”诺亚好奇地望着四周，发现一些玩具的位置发生了变化。

“有时也会觉得孤单，”老人承认道，“但我现在是个老人了，不想再找人陪了。”

“您到底有多大岁数了？”

老人摩挲着下巴思考着这个问题，随后说道：“坦白地说，我已经忘记了，但我不再是个年轻人了，这个我肯定。”

“我非常好奇您决定待在这儿的原因，”诺亚说，“我的意思是，您父亲去世后，您本可以有非常多的奇遇，您可能已经环游世界了。”

“但每天都是一个奇遇啊，无论我是和我的木偶待在这里，还是身在千里之外，都是一样的。不管在哪里，都会有有趣的事发生。我不确定这是否有道理，但是……”

“确实。”诺亚说。“这些玩具，您从来没有卖出过一件吗？”他问。

“没有，”老人回答道，“它们不是用来出售的。”

“不是为了出售？”诺亚笑了，“但是这是个商店，不是吗？”

“确切地说，这是个制作东西的地方。虽然有一扇门，还有一台不知道是否还能工作的收银机，但这就是一个商店了吗？也许是，我不确定，这有什么关系呢？这里是我的家。”

诺亚琢磨着老人的话，转过身在商店里走了几步，盯着货架上的木偶，就好像它们会吐露自己的秘密。最后他从架子上拿了两个木偶下来，是两个普通男人的木偶。

“它们有名字吗？”他拿着自己选出的木偶问道。

“是的，”老人说，微笑爬上了他的脸庞，“你左手拿的是照着我父亲……爸爸的样子做的，实际上蛮像的。而你右手上的……他是我出生前爸爸的一位邻居马斯特·柴力。拉动它们身上的线，会发生很有趣的事。”

诺亚低头看着木偶，拉了一下它们脚下面伸出来的线，等等——太好玩啦！它们的头发从脑袋上飞了出去。

“它们戴着假发呢！”诺亚喊道，然后哈哈大笑。

“他们确实总是戴着假发，”老人解释道，“有一次他们打架打得非常凶，把假发都打掉了。”

“他们为什么打架？”

“因为误会，只是误会而已。”

“那后来他们又成为朋友了吗？”

“非常好的朋友，”老人得意地说，“而且他们发誓一辈子都做好朋友。”

诺亚点点头，把手中的木偶放回去。他很喜欢这个故事。“那这两个呢？”他又拿起两个木偶摆到老人面前，“狐狸和猫。”

“可恶的东西，”老人摇摇头，皱着眉说，他看着这两只恶毒的动物，语气很是气愤，“这两个臭名昭著的恶棍。它们抢走了我的五枚金币，还害我被送进监狱。永远不要相信狐狸和猫。真的，听我的。”

诺亚抬了抬眉毛，他回头在货架上寻找其他木偶。“这个呢？”他指着一个颜色鲜艳的木偶问。

“啊，蟋蟀，”老人转怒为喜，“一个曾经被我深深误会的好人。”

“真的吗？”诺亚问，“您怎么对它了？”

“我把它摁到墙上用木锤子打死了。”

诺亚吓得嘴巴张得大大的，紧接着问道：“为什么？您为什么要这么做？”

“它说我是木头脑袋，我可能是……”老人环顾四周，面有惭色，“我的行为可能是有些过激了。但是不要这么惊讶，孩子，这只蟋蟀以别的形式活着，像鬼魂一样。我们从那以后变成了形影不离的好朋友。”

诺亚摇摇头，什么也没说，指向墙上的另一个木偶。

“那家伙，我叫他吞火魔术师，人不怎么样，有一次想把我活活烧死，而他旁边的那两个助手也想谋杀我。”

“他们手里拿的是什么？”诺亚边问边走上前仔细查看。

“一把匕首和一条绳子，他们没想好是把我捅死还是勒死。”

“看来您年轻时有不少仇人啊！”诺亚十分惊愕。

“是的，”老人说，“我也不知道为什么，就是有人要跟我作对。”

“这些木偶都是您亲手雕刻的吗？”

“所有的都是。”

“真是不可思议啊！”

“这么多年它们一直保持原样，”老人微笑着说，“木偶也可以去旅行、去冒险，但是不会变老。而一个男孩儿——一个真正的男孩儿——会变老，直到最终面临死亡。”他停顿了一下，抬起头发现男孩儿正盯着他，一副若有所思的样子。“做你自己，永远不要试图变成另一个人。”老人轻声说，“记住，永远不要奢求不属于你的东西，那可能会铸成生命中的大错。”

诺亚不是很明白老人的意思，但他把这些话储存到脑袋里了，就在他右耳朵上方的某个地方，等有一天自己需要时再把它们挖出来，仔细琢磨一番。他希望当这一天来临时，自己能很容易地找到这些话。

“我能告诉您一个秘密吗？”诺亚问。

“当然可以。”老人回答。

“您保证不告诉任何人？”

老人犹豫了一下。“一个鬼魂也不行吗？”他问道。

诺亚睁大眼睛。怎么可能？这老爷爷的鼻子……在变长？

“一个人！一个人！”老人立刻叫起来，尴尬地用手掌压住鼻尖，“我可能会告诉一个人，但是只有一个。”说完这些话，他的鼻子似乎又收回到正常的大小了。诺亚眨了几下眼睛，不确定自己是真的看见了还是幻觉。“我有一个朋友，”老人微笑着解释说，“一头年龄很大的猪，它住在附近的一个农场里。我经常去拜访它，我们彼此分享秘密。你介意我告诉它吗？他言行非常谨慎，不会说出去的。”

诺亚考虑了一会儿，最终点头同意了。“我想可以，”他说，“但是只能告诉这位猪朋友。”

“没问题。”老人同意道。

“那好吧，”诺亚说，“我想说的是我觉得自己可能犯了一个错误，我是指离家出走这件事。以前我都没想过这意味着什么。”他叹了口气，看看四周，突然用力摇晃脑袋，好像要把这些想法甩出去，然后又看向那些木偶，“我想我该回家了。我能要一个木偶吗？我能带一个走吗？”

老人对他这个请求思索了好久，最终摇摇头。“我想不行，”老人说，“对不起，因为它们是这个家庭的一员，它们会让我想起我过去的生活。”

“但是您可以再做一个啊，是不是？”

“不，”老人摇摇头说，“这是件怪事，每当我面前放着一块木头，每当我坐下来雕刻我想要的木偶时，最后出来的总不是我设想的那样，而是另一种东西。我脑海中最初有个想法，但是木头最后呈现的总是完全不一样的东西。比如，你看看这个，”他说着举起一块被雕刻成狒狒的木头，“我本来没想雕刻成狒狒的。”

“那您原来想做什么？”

老人转移开视线，耸了耸肩，感觉是说出真相的时候了。“到底怎么回事呢？好吧，我说。”他微笑着回答。

雕刻大师

The Master Craftsman

（老人的回忆）

事实上，有很多年我并不雕刻木偶，而是制作火车、字母模型、笔筒和其他一切可以用木头和钉子做成的东西。我继承了爸爸的传统手艺，有时候还能在某些方面进行改进。

爸爸去世后，我不再游览世界、到处探险，开始有规律地生活，每天早晚出去跑步。我每次只绕村子跑几千圈，因为如果跑远了，可能最后又会停留在某个宫殿、节日庆典、金字塔或者大峡谷中。而现在我有生意要照看，这是我生活中最重要的事。

但是随后奇怪的事情发生了。有一天，我正准备去跑步，突然感觉有点儿累。当时我正弯下腰系鞋带，站起来时，却无意中发出一声疲惫的叹息，我的手立刻按住背部，因为那个地方又酸又痛。虽然那晚我还是去跑步了，但是回来时，呼吸比平时急促很多，而且累得没顾上吃晚饭就睡觉了。当时我也没太在意，直到几个月后，我发现自己每天早上都哼哼着不想起床，亚历山大闹钟响后，我还想要蜷在被窝里，不想出来跑步。

一年一年过去了，我意识到必须降低锻炼强度了，我的身体已经不像以前那么灵活，腿脚也没有那么轻快，手背上那些青色的血管也越来越突出。有一次，我甚至得了感冒。

就这样直到有一天，我正在整理玩具店，抬头竟然看见了我的父亲，是爸爸！他站在离我只有几步远的地方，看上去就是当年我离开家去参加奥运会时的年纪。“爸爸！”我喊道，高兴得竟忘记了很多年前他已经过世了。我跑过去，伸出胳膊，爸爸也向我跑来，他也像我一样伸出胳膊。

我们碰在了一起，但是我摔倒了，爸爸也摔倒了。

我抬头去看，这才发现那根本不是爸爸，而是那面木头框包着的长长的镜子中出现的我的映象。

“我现在是一个老人了。”我想。

那一刻我意识到多年以前自己作了一个错误的决定——当年为什么要变成一个真正的男孩儿，做一个木偶多好啊！

这个想法一触及我的脑海，就有一种感觉进入我的胳膊和手里，那是一种欲望，让我觉得只有一手拿锤子一手拿凿子坐下来开始工作才能满足。我下楼走到地下室，通常我会在那里储备很多木头，而令我吃惊的是，我发现那里一块木头也没有。当然，我平时会到木料场购置做玩具需要的材料，但是那时已近午夜时分，木料场要到第二天早上才会开门。但是我必须雕刻木偶，我没有别的选择，不然我不能睡觉，甚至不能呼吸。

我走到玩具店外面，打量着空荡荡的街道，呼吸着深夜的空气，想着如果我爬墙进入木料场偷些材料会不会被发现——其实也不算偷，因为我第二天一定会过去付钱。但是刚想到这里，我就意识到这是不可行的。毕竟我的腿已经不是原来那两条腿了，我再也不能跳上墙或者翻过墙（年轻时我在四百米跨栏中仅得了块银牌，现在老了更不可能了）。

就在我备感沮丧的时候，面前的一棵树吸引了我的注意力，尤其是那根粗大的树枝。那根树枝好像在呼唤我。“把我拿走吧！”它说，“快点儿，折断我拿走吧！”于是我那么做了。

我紧紧抓住那根树枝，不知从哪里来的力量，竟然直接把它从树干上拧了下来。我看着手中这根干净、结实的树枝，一时间愣在了那里。过了一会儿，我走回店里，锁上门，到地下室开始工作。

我很清楚自己要雕刻什么木偶。我头脑里可以看到那双笔直挺拔的腿、灵活的膝盖，还有爸爸帮我做的新脚，因为愚蠢的我曾经在睡觉时烧掉了原来的那双脚。还有那圆柱形光滑的身体，一双细细的胳膊和从那里伸出来的简单的双手，愉快的、充满渴望的脸庞，以及那个我一撒谎就变长的麻烦鼻子。所有这些都历历在目，都藏在我的记忆深处，我一定能够刻出来，毕竟我是个雕刻大师，雕刻东西从未失手过。

“如果我的方法对……”我一边锤着、凿着，一边自言自语，“如果我刻得非常完美，那么也许，也许有可能……”

那件雕刻品看上去一步步接近成功。双腿看上去很像那双腿，身体看上去很像那个身体，脸看上去很像那张脸。但是当我完工后，退后几步端详它时，却吃了一惊，因为它鬼使神差地变成了一只狐狸——那只狐狸我太熟悉了，许多年以前它说服我把五枚金币埋到一处所谓的神奇地带，给它们浇水，然后离开几个小时，它说那样当我回来时它们会变成五千枚金币。那只狐狸就这样利用我的天真骗走了我五枚金币。

“怎么会这样？”我吃惊地摇摇头，并决定第二天晚上更加集中精神、更加认真地干活儿，一定要做出我想要的木偶。

从那天开始，一夜又一夜，我努力雕刻一个曾经的自己，但是每次完工后都发现出来的是完全不同的东西：一个火车站长、一个悲伤的寡妇、一个坐在桌旁为海上失踪的爱人写诗的女人、一根微风中飘浮的羽毛、一架需要调弦的钢琴、奥林匹亚的宙斯雕像、驾驶圣·路易斯精神号的查尔斯·林德伯格[①]。不管我如何认真地开始，如何尽心地雕刻，最后总是出乎意料地变成完全不同、完全不相干的东西。

每个夜晚我都从那棵树上折下一段树枝，然后重新开始。而几天以后，树枝总会长回去。

这种情况一直持续到现在，很多年了。我从爸爸种的树上取材雕刻出很多木偶，用它们来装饰这个店。同时，我也一天天变老，最后我明白，那个愿望不可能实现了。

我选择做一个真正的男孩儿，于是我再也变不回木偶了。

就像温兹医生说的那样，一个真正的男孩儿会变成真正的男人，然后一个真正的男人会变成真正的老人，再然后……

① 查尔斯·林德伯格：美国飞行员，是第一个完成单人不着陆飞越大西洋任务的人，当时他驾驶的单引擎飞机名为圣·路易斯精神号。

诺亚和老人

Noah and the Old Man

“我知道再然后会怎样。”诺亚说着转过脸去，感觉心跳加速。

“是，我想你知道了。”老人坐下来对男孩儿微笑着，他慈祥的眼神让诺亚感觉到温暖和安全，“难道你不认为现在该回家了吗？去陪伴你的妈妈，当你还能这么做的时候。”

诺亚站起来，他现在觉得又疲惫又困惑。真是充满惊喜、异乎寻常的一天，出现了很多意想不到的人和事。而现在的事实是，他很想把这些事情告诉一个人——一个他爱的人。

“我希望我可以开一家玩具店，”过了几分钟，他抬起头，表情很激动，“我觉得在这种地方工作棒极了。”

“我原以为你要当天文学家。”老人说。

“那只是我在考虑的职业中的一个，”诺亚纠正道，“但也许那不是最适合我的，因为我非常喜欢玩具，而且我木工活儿做得也不错，所以也许有一天我能够做您这种工作。”

“也许吧，”老人转过头看了一眼钟表亚历山大，“天啊，已经这个时间了？”他说，“天色暗了，该吃晚饭了。”

“但是我们刚刚才吃过午饭啊！”诺亚明白自己不能这么快又吃东西，不然，很简单，会把自己撑爆的。

“但是太阳要落山了，”老人望着窗外已经慢慢变为深蓝色的天空，零星的几朵白云徘徊在地平线上，“我也该出去锻炼了。”

“这么说您现在仍然每天跑步？”诺亚惊奇地问，因为老人看上去是不可能做任何快速的运动了，他已经弯腰驼背，连上下楼都很缓慢。

“不是，”老人摇摇头，“我想都不敢想那种事了。我喜欢每天晚上出去散散步，就绕着这个村子。这样可以呼吸些新鲜空气，保持血流顺畅。你要不要跟我一起去？”

诺亚看看手表，他出来时只想到要离开家找个自己喜欢的地方，现在他找到了，却不知道下一步要做什么。“好吧，”他说着从那个正好在适当的时间向他跑来的衣架上取下外套，“我想对我来说，出去走走也好，因为吃得太饱了，而且我也该继续上路了。”

“当然。”老人说着也从那个衣架上取下外套和帽子，“谢谢你，威廉。”他对衣架说，衣架顶着头顶上的帽子跑回到商店的墙角处，“离家出走的男孩儿一定要一直前行，绝不能停留在某个地方。如果在一个地方待久了，可能会交到好朋友，那是很危险的。”

“我想我可以停在某个地方，”诺亚马上说，“那样他们就永远不会再找我了。”

“我亲爱的孩子，”老人笑了笑，“如果你这么想，那你就太不了解你的父母了。他们永远不会停止寻找你，他们会一直期待着你回家。现在你的东西都带齐了吗？”

诺亚回头看了这个店最后一眼，点点头。他其实不想走，但是他也知道自己不能留在这里。这个玩具店是个稀奇古怪、充满神秘感的地方，但是他在这里感觉很安全。

“好，”老人说，“那我们出去吧！”

他们走出去，傍晚的空气有一点点凉。街上非常安静，没有一个人，乐于助人的猎狗、总是饥饿的驴子，还有那聚集在门外的人群都已经不见了。

“您不锁门吗？”诺亚问，“万一有人破门而入偷东西呢？”

“防止破门而入最简单有效的措施就是不锁门，”老人一边向右转，一边解释道，“这是个很简单的道理，但是人们都想不到。来，跟我来，走这边。”

他们经过那棵树时，诺亚又看了一眼。这棵树看起来再正常不过了，虽然它的树干与树枝的确比诺亚家附近森林里的那些树更有光泽。

“我希望我也能用这棵树的木头雕刻点儿什么东西。”诺亚说。

“恐怕不行，”老人摇摇头说，“这棵树严格来说是属于玩具店的私人财产，而且只有练习过很多年，拥有很好的技术的时候，你才可能坐下来雕刻出真正的玩具和木偶。你得特别用功，并且得有很多的好木头才行。”

“真是凑巧啊！”诺亚笑了，“我爸爸是个伐木工，我家就住在森林边上，所以我有足够的木头用——我是说如果我想做的话。”

“你还需要好的工具，”老人接着说，“一把坚硬的凿子，一个结实的刨子，一些锋利的刀，当然还要有颜料，好颜料。”

“泰迪叔叔！他经营一家颜料店，那里有三千多种不同的颜料。‘老兄，如果有一种颜料我们没有，那它本身就不存在。’——这是他的名言。”

“还有呢。”老人想了一会儿又说，“如果要做生意，你还得学好数学，不然你管不好账。”

“这个我不太擅长，”诺亚承认道，“虽然我开始进步了，我是说在学习上。我们老师说我开始领悟了，是指小数和分数，但是三角形的知识，我却从来没搞懂过。”

“啊，可是三角形对你来说没什么用处，就像自行车对鱼没有用处一样，”老人说，“如果我是你，就不会为这个担心。但是你写作必须要好，这样才能给你的供货商写信。”

诺亚低下头，脑子里充满了各种各样的想法，他一边努力地思考着，一边用拳头捶打自己的膝盖。“我想……”他开口了，“如果我回去……是的，如果我回去一段时间，我是说，等到我再大一两岁的时候，或者说我数学好一些的时候——”

“还有写作。”老人说。

“对，还有写作，”诺亚说，“那时可能我就成为像您这么优秀的工匠了，而且说不定有一天我也可以开一家玩具店。”

“有可能，”老人说着在路口停下来，喘着粗气，“什么怪事都有。比如有一次我看见一只毛毛虫和一头大鲸鱼辩论，最后毛毛虫赢了。咱们在这里歇一会儿好吗？我感觉有点儿累。”

“当然可以，”诺亚说，他向四周看看，发现不远处有一条长椅，“我们到那边去坐吧！”

老人点点头，他们走过去坐下。“好些了，”老人叹口气说，“变老真是件恐怖的事情。一想到自己，这个曾经最棒的运动员，现在围着村子走一圈都要在半路停下来休息，我就——唉，我以前怎么也没想到自己有一天会变成这样。”

诺亚转头看着老人，有点儿犹豫地问：“您想过？”

“有时候想，我的孩子，”老人承认道，“因为那是不可避免的。”

“不是，”诺亚摇摇头说，“我想问的是，我可以留在这里和您在一起吗？您认为怎么样？”

“什么？留在这里？”老人问，他看看四周，“在一个路口的长椅上？这可不像是一个好计划。”

“不是这里，”诺亚说，“我是说玩具店。我可以住进来陪您，而您可以教我雕刻。我可以学习所有的雕刻技术，如果您想出去旅行，我还可以照看店铺。”

“我没有再出去旅行的打算了，”老人微笑着拍着诺亚的手说，“我想我的旅行年代已经过去了。”

“我可以晚上给您看店，当您睡觉的时候，这样这个店就可以二十四小时营业啦！”

“但是我觉得这里的生意远没有忙到夜里也要营业呢。”老人皱着眉头说，“总之我觉得不好，孩子，这个建议听上去不是很有意义。”

“那我也可以只做您的学徒，”诺亚建议道，“您可以教给我您的技术，我会对您很有帮助的，而且——”

“诺亚，”老人微笑着用非常温和的声音说，“你忘了你已经有一个自己的家了吗？”

“我有吗？”男孩儿怀疑地问道。

“你当然有。”

“我不知道那里还是不是原来那个家的感觉。”诺亚说着眯起眼睛，看着前方那蜿蜒曲折通往第二个村庄的路，再前面是第一个村庄，然后是森林和他们家的石墙，在那后面他的妈妈正躺在床上。

“感觉可能会不一样，”老人说，“但是这并不代表你不应该回去。我曾经离开我可怜的父亲那么久，当我最终回到家时已经太迟了。我当时只想着要出去看看世界，只想着满足自己的愿望。你不会也想出去看看世界吧？”

“我想！”诺亚激动地叫道。“反正总有一天要看的。”他把声音压低了一些接着说道。

“如果你想，如果你继续走下去，难道你不害怕有一天也像我这样满怀悔恨地度过后半生吗？”

诺亚点点头。事实上，他已经在想念他的家和他自己的小床了。虽然他不知道妈妈的故事将会是一个什么样的结局，至少现在她还在那里，她还没有离开，她还在期待跟儿子一起度过尽可能多的时光。现在诺亚也应该这么做。他不知道他们能在一起的时间还有多少，但是即使只有一两天，那也足够留下一段终生难忘的回忆了。

诺亚跺着左脚，嘴巴张开又合上，又张开，迟疑着，然后他决定了。

“我决定回家。”他站起来坚定地说。

“非常明智。”老人说。

“但是您觉得……”诺亚用充满希望的眼神望着这位新朋友，“我能偶尔回来吗？就来串串门？来看看您工作？我肯定能够跟您学到很多东西。”

“当然，”老人说，“但是如果我大部分时间都在雕刻那些木头，不怎么理睬你，你得原谅我啊，我似乎管不住自己。”

诺亚笑了，他转过头去，看着来时的方向。现在天已经变黑了，但是不知为什么他并不害怕，他知道没有人会伤害他。“需要我陪您回玩具店吗？”他问，“如果您想，我可以的。”

“不，不，好孩子，”老人摇摇头说，“谢谢你的好意，不过我还想在这里多待一会儿，多呼吸呼吸外面的空气。通常这个时候，我的驴子朋友会从这里经过，估计它很快就到了，那样我们可以聊聊天再回家。”

“那好吧，”诺亚跟老人握了握手，“今天谢谢您请我吃午饭，还有带我参观您的玩具店。”

“不用客气。”老人说。

“那我走了。”诺亚说完转身冲到大街上，他竭尽全力向前跑，很快消失在夜色中。

诺亚·巴里沃特回到家已经是深夜了，太阳已经落下山，狗狗们已经睡觉，整个世界都在睡梦中。

他沿着小巷往家跑，一路上只有蟋蟀和猫头鹰的叫声。他抬头看见唯一亮灯的房间，那是爸爸妈妈的卧室。他停下脚步盯着那扇窗户，想到自己这次离家出走给家里制造了多少麻烦，紧张得直咽口水。但是现在这些他都不在意了，最重要的是他回来得会不会太晚。他吓得不敢进去，害怕最糟糕的事情发生。要不是不久之后爸爸打开前门发现自己的儿子独自站在黑暗中，他肯定得在寒冷的夜里再站上几个小时。

“诺亚！”爸爸叫道，使劲儿盯着儿子。

诺亚咬住嘴唇，不知道该说些什么。“对不起，”过了一会儿，他小声说道，“我很害怕，所以逃跑了。”

“我很担心你，”爸爸说，声音里透出的不是生气，而是欣慰，“我本来打算出去找你，但是总感觉你会平安回来的。”

“我没有回来晚吧？没有吧？”诺亚问，他在问一个自己最担心的问题，“我还有时间——”

“不晚。”爸爸的脸上露出了一丝微笑，“她还和我们在一起。”

诺亚释然地呼出一口气，正要走进房间，爸爸把双手放在他的肩膀上，看着他的眼睛说：“诺亚，时间已经不多了。你知道的，对吗？她的时间不多了。”

“我知道。”诺亚点点头说。

“那你上楼去吧，”爸爸用一只胳膊搂着诺亚的肩膀说，“她现在一定很想见我们，估计很快她就要跟我们说再见了。”

他们一起上楼，诺亚站在爸爸妈妈的卧室门前看着妈妈。

“你回来了，”妈妈笑着看着诺亚，“我知道你会回到我身边来的。”

最后一个木偶

The Final Puppet

老人在长椅上多坐了一会儿，回想着这一天发生的事情。直到他的朋友达克斯猎狗和驴子从旁边经过，他才回过神来，想起来自己该回玩具店了。

“那个男孩儿回家了？”达克斯猎狗看了看周围没别人，问道，“我早就认为他最后会回家的。”

“是啊！”老人挥手跟盘旋在头顶的布谷钟打了个招呼，明白又一个小时过去了。

“我从来就不相信那些住在森林边上的人，”驴子嗤之以鼻地说，“他们看起来是那种令人讨厌的人。我自己也去过那里几次，想看看那儿怎么样，结果发现那里的人做事特别不可思议。你知道吗？我有一次看见一个年轻女人牵着一条拉布拉多猎犬走在路上，就好像她是那条狗的主人似的。”

“没错，他们做事是很奇怪，”老人赞同地说，“但是他们也不全是坏人。别忘了，我也曾经住在那边。爸爸和我在那儿有一所小房子，透过我卧室的窗户可以看见整个森林在我面前展开。那些日子过得还不错。”

“是啊，可是你还是搬来这边住了。”达克斯猎狗说，“你很有品位。”

“更确切地说，那是我爸爸的主意，而不是我的。”老人回答说，“不过我很高兴爸爸把家搬来这里。”

“嗯昂！嗯昂！”驴子被激怒了。

老人摇摇头，说道：“如果没搬来这里的话，一切当然就会变得不同。不过我也不想住到别处去了，我已经习惯了玩具店里的生活，我在这里生活得很开心。”他在门口犹豫了一下，抬头看了看这座奇形怪状的、凝聚了爸爸大量心血的建筑物，感到那些悔恨又开始折磨他。

“你觉得他会回来吗？”达克斯猎狗小跑着，扭过头盯着老人看了一会儿，问道，“我指的是那个男孩儿，他还会回来看我们吗？”

“有可能，”老人微笑着说道，“他当初就是自己找到这里来的，说不定还会再找回来。晚安，朋友们，明天见。”

已经半夜了，折腾了一天的老人感到很疲惫。他之前从未享受过一天中被人陪伴这么久，这让他精疲力竭。但是，睡觉前必须雕刻点儿东西，否则这个夜晚都无法度过。于是他从爸爸种的树上拧下一根树枝。树枝跟往常一样，很容易就被他扯了下来。他关上房门，下楼去工作室。他坐下来，拿起凿子和锤子，满是皱纹的手开始工作。他剥掉树皮，摩挲完木头，又开始雕刻新的木偶。

木头很快呈现出一个男孩儿的雏形。之前每次雕刻，刚开始时也是这样的，直到快完工的时候，他才发现木偶完全变成了另外的样子。

这次老人依然雕刻下去。

可是，自己曾是一个多么愚蠢的木偶啊，他边削木头边任由记忆划过脑际：选择做一个男孩儿，然后成长为一个男人，好像经历过无数精彩的冒险，好像去过很多地方，结交过很多朋友。为什么他以前认为变成血肉之躯会更好？他想起了太多。一股巨大的悲伤感向他袭来，他极力克制着继续自己的雕刻。

他在即将完工的时候想到：多么不可思议啊！看起来是那么熟悉，可是每一秒钟都在改变，是不是？

他放下凿子和刻刀，把木偶举到眼前。那是一个小小的男孩儿，有着笔直利落的双腿，灵活的膝盖，圆柱形光滑的身体，一双细细的胳膊和从那里伸出来的简单的双手，愉快、充满渴望的面孔，以及让人烦恼的鼻子。现在，再加上一个灿烂的笑容。他终于成功了。

“匹诺曹[①]！”老人说道。

① 意大利童话故事《木偶奇遇记》中的主角。故事讲述了一个木偶孩子历经波折，接受教训，最终成了一个真正的男孩。

十年以后

Ten Years Later

诺亚在十八岁生日那天的早晨收到了一封信。他躺在床上，回忆着自己小时候每逢生日这天，总是早早地从床上爬起来，跑下楼看看有什么礼物等着他打开。不过今年他不打算这么做，毕竟他已经是大人了，太快跑下楼的话多少显得有些傻乎乎的。一想到妈妈总会为他准备一份特殊的生日早餐，他笑了。这样的记忆片段已经不会让他觉得悲伤了。而且每当他回想起自己八岁以前的美好记忆，嘴角的微笑就会越来越大。正是那些记忆，才塑造了他现在的性格。

他觉得自己真的非常幸运。有些人根本就没有美好的回忆，而他却拥有与妈妈在一起的八年时光和与爸爸在一起的十八年时光。各方面考虑起来，还不错。

他从床上爬起来，走到位于房间另一端的书桌旁。他看见自己的凿子正倚靠在书桌的角落里，心想，好奇怪啊！因为他明明记得昨天晚上把它放在了楼下的工作室里，难道是爸爸半夜把它拿上来的？

忽然响起了敲门声，诺亚扭头看去，只见爸爸走了进来。爸爸祝他生日快乐，还带来了琼阿姨、马克表兄、泰迪叔叔送的礼物，竟然还有一封信。

“谁写来的信？”诺亚问道。他小心地捧着信，就好像捧着一个随时都会爆炸的炸弹。

“不知道，”爸爸说道，“寄的特快专递。打开看看就知道了。”

诺亚揭开封印，从信封里抽出一张长长的信纸。他快速地扫了扫上面的内容，眼睛顿时瞪得圆圆的，又开始从头到尾细细地读了一遍。

“是什么？”爸爸问道。

诺亚只是摇了摇头，把信递给了他。“我想你还是自己看吧！”

第二天，诺亚·巴里沃特拿着匹诺曹玩具店的钥匙，向那个村子走去。他爸爸想陪他一起去，不过被他拒绝了。他想自己一个人去。距离他上次去那儿已经过去了漫长的十年时间。一想起自己小时候跑到村子里遇到那位天才雕刻大师以及在那里发生的那些稀奇古怪的事情，他就觉得惊讶。他还承诺过会再次回来看望老人，可是不知为什么，他一回到家，那些记忆就如同融化在脑子里一般，几近消失。事实上，这些年他根本就没想起过这件事，即便是当他跟爸爸提起想多学点儿木工和雕刻手艺的时候，即便是在地下室里开辟出一片地方自学最基础的选材、刨木、削片、切木、上色和设计——慢慢学着做自己的木偶的时候。他的手艺越来越好，并会把雕好的木偶拿到镇子周围各种庆祝活动和集市上去贩卖。

事实上，直到十八岁生日这天早晨收到这封信时，他才知道自己被指名继承了那家玩具店，包括那里的锁、木偶、颜料等所有的东西。一时之间所有的记忆如潮水般涌来。不过在遗赠文书上有一个附加条件，那就是他必须重新经营这家商店，继续出售木偶等木头玩具，塑料的不行，金属的也不行，只能卖木制的。

“嗯，我可以做到。”诺亚说道，他被这份意想不到的礼物吓到了，因为他的确想把玩具雕刻师作为自己的职业，而这是最完美的创业起点。

他到达玩具店的时候，店门是锁着的。他拿出钥匙开了锁，慢慢地打开门，心想自己最好给“吱吱”作响的门上些油。他向上瞟了一眼，门铃先是发出一声深深的叹息，然后夸张地响了起来。诺亚微笑地看着它，心想我该好好说说它这个态度。他看见屋子里的地板和柜台上都蒙着一层灰尘，感到毫不惊奇。

是该好好打扫打扫了，他心里想着。接下来，他着手把所有的旧玩具都从货架上取下来并仔细存放到后屋，又把商店重新布置成先前琳琅满目的样子。他作为一名玩具雕刻师的新生涯开始了！

之后的日子里，他一直待在那里用手中的凿子和刨子雕刻木头，过着幸福又愉快的生活。那种满是喜悦的生活，是所有人都向往的生活。与他的前辈不同的是，诺亚从不制作不出售的木偶，于是，没过多久，匹诺曹玩具店——他始终保留着这个名字——成为方圆八十五公里内最成功的商店之一。实际上，多年来唯一从未被从架子上取下的木偶就是老

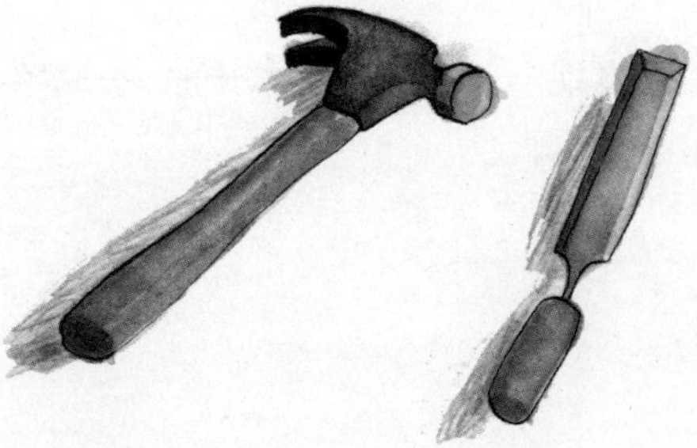

人的爸爸杰佩托雕刻的那几个有趣的人物，也就是他们第一次见面时老人向他介绍的那几个人物：施奥德女士、维克先生、王子、贵格先生、温兹医生……它们一直都没被打扰过，没有一位顾客对它们感兴趣，他们甚至都没有向它们的方向瞟过一眼，好像根本没有看见它们。可是对诺亚来说，它们是珍贵的纪念品，因为它们都属于令他难以忘怀的那一天。

事实上，诺亚回来的那天早晨，老人留下的每一样东西都还在，他把它们视若金子般小心地珍藏着。唯独有一样东西诺亚进门的时候没注意到，那就是一个孤零零地坐在柜台上聚集的尘土之中的木偶，十年来它一直坐在这里，直到诺亚继承这家店。

那是一个男孩儿的木偶，有着笔直利落的双腿、灵活的膝盖和圆柱形光滑的身躯。

诺亚走进店门的时候那个木偶正静静地坐在那里，当时他连门都没关就开始端详起他的新家，任何人都可以跑进来或跑出去。

当他再次转过身，却发现——好像变魔术一般——木偶匹诺曹，不见了。

致谢

Acknowledgement

非常感谢大卫·菲克林、贝拉·皮尔逊、西蒙·特鲁温、简·威利斯，还有兰登书屋童书部和联合代理处的所有工作人员，感谢他们的建议和鼓励。还要感谢肯一直以来对我的爱与支持。